기기라도 한다더냐? 장부를 결산하려고 보면 일 년 열두 달, 적자가 아닌 항목이 없지!"

스크루지는 발끈하며 말을 이었다.

"내 맘 같아서는 그냥, '메리 크리스마스'라고 주절거리면서 돌아다니는 바보, 천치들은 저 먹을 푸딩이랑 같이 푹푹 삶고 심장에 호랑가시나무 가지를 냅다 꽂아서 파묻어 버렸으면 좋겠다. 그래도 싸지!"

조카가 애원했다.

"삼촌!"

"봐라!"

스크루지는 단칼로 자르듯이 말했다.

"넌 네 방식대로 크리스마스를 기념해라. 난 내 방식대로 기념할 테니."

"기념하신다니요? 삼촌은 크리스마스를 기념하지 않으시잖아요."

"그러니 날 가만 내버려 둬라. 너나 실컷 크리스마스 덕을 보라고! 지금까지 잘도 그랬던 모양이다만!"

"지금까지 마음만 먹으면 얼마든지 이득을 볼 수 있는 기회가 많았어요. 하지만 전 그렇게 하지 않았고, 크리스마스도 그 중 하나죠. 전 크리스마스가 다가오면, 그 신성한 이름과 유래에 대한 존경심이나 그와 관련된 것은 제쳐 두고라도, 늘 크리스마스가 참 행복한 때라고 생각해 왔어요. 친절과 용서와 자비와 기

그러나 그 소리가 조금도 주저하지 않고 육중한 문을 꿰뚫고 방까지 들어와 두 눈 앞에 나타나자 스크루지의 얼굴빛은 파랗게 변했다. 그것이 들어오자마자, 다 꺼져 가던 불꽃이 "난 저게 누군지 알아. 말리의 유령이야!"라고 외치는 것처럼 화르르 타오르고는 다시 사그라졌다.

변함없는 얼굴이었다. 옛 모습 그대로였다. 땋아 늘인 머리 꽁지, 늘 입던 조끼, 딱 붙는 반바지, 부츠, 머리 꽁지만큼이나 뻣뻣한 부츠의 술, 외투 자락, 머리털까지. 정말로 말리였다. 말리가 끄는 쇠사슬은 허리를 꽉 조이고 있었다. 길이도 긴 데다 꼬리처럼 몸통을 칭칭 감고 있었다. (스크루지가 자세히 살펴보니) 금고, 열쇠, 맹꽁이자물쇠, 장부, 날인 증서, 강철로 만든 무거운 지갑이 줄줄이 달려 있었다. 말리의 몸은 투명해서 조끼를 꿰뚫고 외투 뒤쪽에 달린 단추 두 개까지 또렷이 보였다.

스크루지는 사람들이 말리를 '창자 없는 인간'(*영어로 '창자가 없다'는 말은 '인정머리가 없다'는 뜻이기도 함.)이라고 부르는 소리를 종종 들어 보았지만 바로 이 순간까지는 그 말을 믿어 본 적이 없었다.

아니, 지금 이 순간에도 그 말을 믿을 수가 없었다. 눈앞에 선 유령을 샅샅이 살펴보고도 믿을 수가 없었다. 무섭도록 차가운 눈동자에서 오싹함을 느끼면서도, 그리고 처음 보는 붕대가 유령의 머리와 턱을 겹겹이 동여맨 모양새를 뚜렷이 보고도 의심이 사라지지 않아서 스크루지는 자신의 감각을 믿지 않으려 했다. 이모저모 생각한 후 모두 꿈이었다고 마음을 다잡고 나면, 생각은 힘센 용수철처럼 어느새 제자리로 퉁 하고 되돌아가 버렸다. 그러면 내내 씨름했던 질문이 다시금 떠오르는 것이었다.

'꿈이었을까, 아니었을까?'

스크루지가 이렇게 생각에 빠져 누워 있는데 교회 종이 45분이 됐음을 알렸다. 1시를 알리는 종소리가 들리면 첫째 유령이 찾아올 거라던 말리의 말이 퍼뜩 떠올랐다. 스크루지는 그 시각이 지나갈 때까지 눈을 뜨고 누워 있기로 마음먹었다. 다시 잠들기가 천국에 가기만큼이나 어려운 이상, 제 깐에는 가장 현명한 결정이었다.

남은 15분이 어찌나 길던지, 깜빡 졸아 종소리를 놓친 게 분명하다는 생각이 몇 번이나 들었다. 마침내 종소리가 쫑긋 세운 스크루지의 귀를 때렸다.

"뎅!"

스크루지는 시간을 계산하며 말했다.

"15분."

"뎅!"

"30분."

"뎅!"

"45분."

"뎅!"

스크루지는 의기양양하게 외쳤다.

우고 싶지 않은 것도 치울 수 없는 것도 없었다. 정리는 순식간에 끝났다. 움직일 수 있는 것들은 다시는 사람들 앞에 내보이지 않을 것처럼 저 멀리 옮겨 버렸다. 바닥을 쓸고 닦고, 등잔 심지를 손질하고, 난로에 석탄도 잔뜩 쌓아 두었다. 이렇게 가게 안은 겨울밤이면 누구나 눈을 떼지 못할 정도로 아늑하고 따뜻하고 쾌적하고 환한 무도회장으로 변했다.

악보를 든 악사가 들어와 높다란 책상으로 가서는 책상을 오케스트라 삼아 쉰 가지쯤 되는 배앓이 소리를 내며 바이올린을 조율했다. 곧 얼굴 가득 활짝 웃음을 띤 페지위그 부인이 들어왔다. 사랑스러운 세 딸도 환하게 웃으며 들어왔다. 그리고 그 아가씨들의 마음을 얻고자 애를 태우는 청년 여섯 명이 들어왔다. 상점에서 일하는 젊은 남녀 모두가 들어왔다. 하녀는 사촌인 빵장수를 데리고 들어왔다. 요리사는 제 오빠의 각별한 친구인 우유 배달부를 데려왔다. 주인에게서 끼니도 제대로 얻어먹지 못하는 것으로 짐작되는 길 건너편 가게의 소년은 여주인에게 만날 귀를 잡힌다는 이웃집 하녀 뒤에 몸을 숨기고 들어왔다. 이렇게 한 사람씩, 한 사람씩 모두 들어왔다. 어떤 이들은 수줍게, 어떤 이들은 당당하게, 어떤 이들은 우아하게, 어떤 이들은 쭈뼛거리며, 어떤 이들은 밀고 어떤 이들은 당기며 모두들 들어왔다. 그리고 스무 쌍이나 되는 사람들이 한꺼번에 춤을 추기 시작했다. 손을 이쪽으로 반쯤 돌렸다가 반대쪽으로 돌리고, 가운데로 몰렸다가 다시 뒤로 물러나는 등 흥겨운 갖가지 군무를 추며 스크루지는 드르렁드르렁 요란하게 코를 골다 퍼뜩 잠이 깼다. 생각을 정리하려고 몸을 일으켜 침대에 앉았다. 누가 말해 주지 않아도 종이 다시 1시를 알려 주리란 사실을 알고 있었다. 제이콥 말리의 중개로 파견된 두 번째 전령과의 회담이라는 중요한 용무를 앞두고 시간 맞춰 정신을 되찾았다는 생각이 들었다. 그러나 새로 찾아올 유령이 이중에서 어느 커튼을 젖히고 나타날까, 하는 의문이 떠오르자 몸이 오싹해 견딜 수가 없었다. 그래서 스크루지는 커튼을 죄다 제 손으로 열어젖히고, 다시 침대에 드러누워 사방을 예리하게 감시했다. 유령이 나타나면 당당하게 맞이하고 싶었지, 깜짝 놀라 쩔쩔매고 싶지는 않았기 때문이었다.

　자신이 세상물정에 밝고 웬만한 일은 금세 해치울 수 있다고

스마스와 어울리는 기쁜 일이 아니겠냐는 거야."

이렇게 말하는 밥의 목소리는 떨리고 있었다. 밥은 더더욱 떨리는 목소리로 꼬마 팀이 건강하고 마음 따뜻한 아이로 자라고 있다고 덧붙였다.

작은 목발이 활기차게 마루를 쿵쿵 울리는 소리가 들렸다. 밥이 다른 말을 꺼낼 겨를도 없이 꼬마 팀이 되돌아와서는 어린 크래칫 남매의 부축을 받아 난롯가에 있는 의자로 갔다. 그동안 밥은 소매를 걷어올리고(아! 불쌍한 사람, 안 그래도 꾀죄죄한 소매가 더 추레해 보였다.) 주전자에 담긴 뜨거운 음료에 진과 레몬을 섞어 휘휘 저은 다음 벽난로 시렁에 올려놓고 부글부글 끓였다. 피터와 천방지축 크래칫 남매는 거위를 가지러 빵집에 갔다가 곧 위풍당당하게 되돌아왔다.

그러자 모든 새 중에서 거위가 가장 진귀한 새가 아닐까 싶을 정도로 한바탕 법석이 일었다. 이 경이로운 새에 비하면 흑고니는 평범해 보일 정도였다. 사실 이 집에서 거위는 그런 존재였다. 크래칫 부인은 (작은 냄비에 미리 준비한) 고기 국물 소스를 쉭쉭 소리가 나도록 끓였다. 피터는 믿기지 않을 정도로 힘차게 감자를 으깼다. 벨린다는 사과 소스에 설탕을 듬뿍 넣었다. 마사는 따뜻하게 데워 둔 접시를 닦았다. 밥은 꼬마 팀을 식탁 한 귀퉁이로 데려와 나란히 앉았다. 어린 크래칫 남매는 자기들의 의자를 포함해 모두가 앉을 의자를 준비한 다음, 의자에 엉덩이를 붙이고 보초를 섰다. 차례가 되기 전까지는 거위를 달라고 비

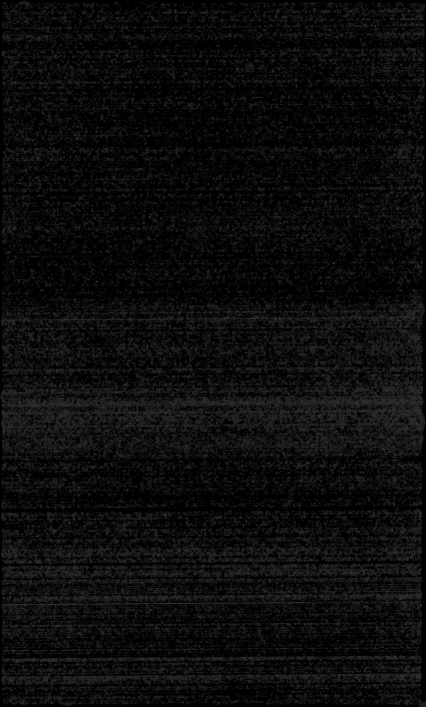

크리스마스 캐럴

클래식 보물창고 19

크리스마스 캐럴

펴낸날 초판 1쇄 2013년 1월 15일
지은이 찰스 디킨스 | **옮긴이** 김율희
펴낸이 신형건 | **펴낸곳** (주)푸른책들 | **등록** 제321-2008-00155호
주소 서울특별시 서초구 양재천로7길 16 푸르니빌딩(양재동 115-6) (우)137-891
전화 02-581-0334~5 | **팩스** 02-582-0648
이메일 prooni@prooni.com | **홈페이지** www.prooni.com

ISBN 978-89-6170-307-9 04840
* 잘못된 책은 구입한 곳에서 바꾸어 드립니다.

이 도서의 국립중앙도서관 출판시도서목록(CIP)은 e-CIP홈페이지(http://www.nl.go.kr/ecip)와
국가자료공동목록시스템(http://www.nl.go.kr/kolisnet)에서 이용하실 수 있습니다.
(CIP제어번호:CIP2012005625)

표지 및 본문 그림 | 아서 래컴

보물창고는 (주)푸른책들의 유아, 어린이, 청소년, 문학 도서 임프린트입니다.

A Christmas Carol

크리스마스 캐럴

찰스 디킨스 지음 | 김율희 옮김

보물창고

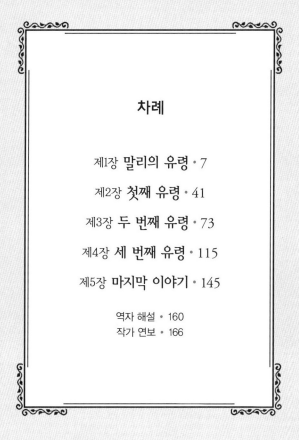

차례

서문

내가 유령이 등장하는 이 책을 열심히 쓴 까닭은
독자 여러분과 여러분의 주변 사람들,
그리고 나 자신도 기분 나쁘게 느끼지 않고
크리스마스 분위기도 해치지 않을 만한 유령을
그려 내고 싶었기 때문이다.
그 유령이 여러분의 집에 기분 좋게 드나들기를,
그리고 그 유령을 쫓아내려 하는 사람이 없기를 바란다.

1843년 12월
여러분의 충실한 친구이자 하인인 찰스 디킨스

제1장
말리의 유령

우선, 말리는 죽었다. 눈곱만큼도 의심할 수 없는 사실이다. 목사와 서기, 장의사, 상주까지 말리의 매장 확인서에 서명했다. 스크루지도 서명을 했다. 참고로 스크루지의 이름은 거래소에서 취급 종목에 상관없이 확실하게 통하는 이름이었다. 늙은 말리는 대갈못(*머리 부분을 둥글넓적하게 만든 못으로, 주로 대문 장식에 쓰인다.―옮긴이. 이하 *표시 옮긴이 주.)처럼 죽어 버렸다.

　잠깐! 난 대갈못이 죽음과 특별한 관계가 있음을 안다고 과시하려는 뜻은 없다. 내게는 시중에 파는 철물 중에 '관에 박는 못' 이야말로 죽음과 가장 가깝게 느껴진다. 그러나 비유에는 조상들의 지혜가 깃들어 있으니 내 비루한 손으로 그것을 훼손할 수는 없지 않은가. 그렇지 않으면 나라가 엉망진창이 되고 말 테니. 따라서 내가 "말리는 대갈못처럼 죽어 버렸다."고 다시 한 번 힘주어 말해도 이해해 주리라 믿는다.

스크루지는 말리가 죽었다는 사실을 알고 있었을까? 당연한 말씀이다. 어떻게 모를 수가 있겠는가? 스크루지와 말리는 내가 헤아릴 수 없는 긴긴 세월을 동업자로 지내 왔다. 스크루지는 말리의 유일한 유언 집행인이자 유일한 유산 관리인이었으며, 유일한 유산 상속인이자 유일한 친구였고, 유일한 문상객이었다. 그리고 스크루지는 이 슬픈 일 때문에 실의에 빠지기는커녕, 장례식 당일에도 사업가다운 수완을 발휘해 턱없이 싼 값으로 엄숙히 장례를 치렀다.

말리의 장례식 얘기를 꺼내니 원래 하려던 말이 떠오른다. 말리가 죽었다는 사실은 조금도 의심할 필요가 없다. 이걸 확실히 짚고 넘어가야지, 그렇지 않으면 앞으로 내가 들려줄 이야기에서 기이함을 느끼지 못할 것이다. 연극 〈햄릿〉이 시작하기 전에 햄릿의 아버지가 죽었다는 사실을 믿지 않으면, 그가 밤중에 동풍을 맞으며 성벽을 이리저리 돌아다닌다 해도 놀랍지 않을 것이다. 여느 평범한 중년 남자가 심약한 아들을 깜짝 놀래 준답시고 해 저문 뒤에 바람 부는 세인트폴 교회 묘지 같은 곳에서 불쑥 나타나는 것과 다를 바가 없기 때문이다.

스크루지는 말리의 이름을 결코 지우지 않았다. 말리는 죽었지만 도매상 출입문 위쪽에는 오랫동안 그대로 '스크루지 말리 상회'라고 쓰여 있었다. 이 상회는 '스크루지 말리'라는 이름으로 통했다. 처음 거래하는 사람들이 스크루지더러 '스크루지'라고 부르기도 하고 '말리'라고 부르기도 했지만, 스크루지는 어느 쪽이든 대답을 했다. 스크루지에게는 이거나 저거나 매한가지였다.

오! 하지만 스크루지, 그는 맷돌 손잡이를 틀어쥔 손처럼 인색하기 짝이 없는 구두쇠였으니! 쥐어짜고, 비틀고, 움켜쥐고, 박박 긁어모으고, 들들 볶아대는 탐욕스러운 늙은 죄인! 제아무리 쳐도 불꽃 한 번 너그럽게 일으키지 않는 부싯돌처럼 무정하고 날카로웠다. 굴처럼 속을 알 수 없으며 옹고집에다 독불장군이었다. 내면에 들어찬 차가움 때문에 스크루지의 늙은 얼굴은 딱딱하게 굳어 버렸다. 뾰족한 코는 보기 흉한 매부리코가 되고, 뺨에는 주름이 지고, 걸음걸이는 뻣뻣해졌다. 눈은 벌겋게 충혈되고, 얇은 입술은 시퍼렇게 변하고, 귀에 거슬리는 목소리로 약삭빠르게 입을 놀렸다. 얼음장 같은 서리가 스크루지의 이마에, 눈썹에, 억센 턱에 내려앉았다. 스크루지만 나타났다 하면 주변 기온이 뚝 떨어지고 말았다. 스크루지의 사무실은 삼복더위에도 찬바람이 쌩쌩 불었고, 크리스마스가 되어도 눈곱만큼도 더 따뜻해지지 않았다.

외부의 더위나 추위는 스크루지에게 영향을 미치지 못했다. 스크루지는 아무리 더워도 온기를 느끼지 못했고, 아무리 냉랭한 날씨에도 몸을 떨지 않았다. 그 어떤 바람도 스크루지보다 매섭지 못했으며, 그 어떤 눈도 스크루지만큼 집요하지 못했고, 세차게 퍼붓는 비도 스크루지보다 야멸치지 않았다. 험악한 날씨도 스크루지를 당해 내지 못했다. 장대비나 눈이나 우박이나 진눈깨비가 스크루지보다 낫다고 큰소리칠 수 있는 특성이 하나 있긴 했다. 그것들은 '아낌없이 내릴 때도 있지만' 스크루지는 결코 그런 법이 없다는 것이었다.

길에서 그를 붙들고 즐거운 낯빛으로

"스크루지, 잘 지냈나? 놀러 좀 오지 그래!"

하고 말하는 사람은 없었다.

거지들은 동전 한 닢 달라고 애원하는 법이 없었고, 아이들은 몇 시냐고 묻지 않았으며, 스크루지의 인생을 통틀어 남자든 여자든 이런저런 장소로 가는 길을 알려 달라고 한 적이 없었다. 맹인의 개조차 스크루지를 알아보는 것 같았다. 스크루지가 다가오는 모습이 보이면 제 주인을 문간이나 안뜰로 끌어당기고는 꼬리를 흔들었다. 마치

"앞 못 보는 주인님, 사악한 눈을 갖느니 차라리 눈이 없는 편이 나아요!"

라고 말하는 것만 같았다.

하지만 스크루지는 신경도 쓰지 않았다. 오히려 잘됐다고 생각했다. 복잡한 인생길에서 앞으로 나아가려면 인간적인 동정심 따위는 저 멀리 물리치는 게 '상책'이라고 생각했다.

어느 날, 그러니까 1년 중 가장 즐거운 날로 손꼽히는 크리스마스이브에 늙은 스크루지는 자신의 회계 사무소에 앉아 정신없이 일하고 있었다. 춥고 스산하고 살을 엘 듯 매서운 날씨였다. 안개까지 자욱했다. 거리에서는 사람들이 지나가며 숨을 헉헉

몰아쉬는 소리, 손으로 가슴을 두드리는 소리, 언 발을 녹이려고 보도에 깔린 돌 위에서 쿵쿵 구르는 소리가 들려왔다. 거리의 시계는 이제 겨우 3시를 가리키고 있었지만 날은 벌써 어둑했고 (사실 종일 환해진 적이 없었다.) 이웃한 여러 사무실 창문에서는 손으로 만져질 듯한 갈색 공기에 붉은 반점을 찍어 놓은 것처럼 촛불이 너울거렸다. 안개가 온갖 틈새와 열쇠 구멍에 스며들어갔을 뿐 아니라 어찌나 짙은지, 길이 무척 좁은데도 건너편 집들이 으스스한 유령처럼 보였다. 우중충한 구름이 낮게 깔려서 온 세상이 흐릿해진 광경을 보면, 대자연이 이웃에 살면서 어마어마한 양의 차를 끓여대고 있다는 생각이 들 정도였다.

스크루지의 회계 사무실 문은 서기를 감시할 수 있도록 열려 있었다. 서기는 감방이라고 해도 좋을 만큼 음침하고 작은 뒷골방에서 문서를 베껴 쓰고 있었다. 스크루지의 난로도 몹시 작았지만 서기의 난로는 비교가 안 될 만큼 작아서 그냥 석탄 한 덩어리인 것처럼 보였다. 더욱이 스크루지가 석탄 상자를 자기 방에 보관했기 때문에 서기는 석탄을 더 넣을 수가 없었다. 삽을 들고 석탄을 가지러 들어갔다가는 다른 직원을 뽑아야겠다는 말이나 듣기 십상이었다. 이런 까닭에 서기는 흰 털목도리를 칭칭 감고 촛불에 몸을 녹여 보려 했지만 상상력이 풍부한 사람이 아닌 탓에 노력은 실패로 돌아갔다.

"메리 크리스마스, 삼촌! 하느님의 은총이 가득하시길!"

활기찬 목소리가 들려왔다. 스크루지의 조카였는데, 어찌나 날래게 다가왔던지 스크루지는 그 외침을 듣고서야 조카가 곁에 온 것을 깨달았다.

스크루지가 말했다.

"흥! 허튼소리!"

스크루지의 조카는 안개와 서리를 뚫고 뛰다시피 걸어온 바람에 몸이 달아올라 후끈후끈했다. 잘생기고 불그레한 얼굴이었다. 눈동자는 반짝거렸고 입에서는 입김이 잇따라 새어나왔다.

"즐거운 크리스마스를 보내시라는 뜻인데, 허튼소리라니요, 삼촌! 분명 진심은 아니시겠죠?"

"진심이고말고. 메리 크리스마스라니! 대체 무슨 권리로 즐거워하는 게냐? 즐거워할 이유라도 있어? 찢어지게 가난한 주제에."

그러자 조카가 쾌활하게 대답했다.

"좋아요, 그럼. 삼촌은 무슨 권리로 우울해하시는 거예요? 우울해할 이유가 있으세요? 남부러울 것 없는 부자시잖아요."

스크루지는 당장 그럴싸하게 대답할 말이 없어 다시금 "흥!" 하고 콧방귀를 뀌고는 "허튼소리!"라고 덧붙였다.

"언짢아하지 마세요, 삼촌!"

"그럼 어쩌란 말이냐, 이렇게 바보들이 넘쳐나는 세상에 사는데 말이다! 즐거운 크리스마스라니! 빌어먹을 크리스마스라면 모를까! 크리스마스란 게 돈도 없는데 청구서 대금을 지불하는 때가 아니냐? 나이나 한 살 더 먹지, 한 시간 전에 없던 돈이 생쁨이 가득한 때라고요. 그리고 제가 알기로는 일 년의 많고 많은 날들 중에서, 남자든 여자든 모두가 하나같이 닫힌 마음을 활짝 여는 때는 이때뿐이에요. 자신보다 못한 사람들을 다른 길을 걸어가는 별종이 아니라 무덤을 향해 함께 걸어가는 길동무로 생각하는 때도 이 크리스마스뿐이고요. 그러니 삼촌, 크리스마스라고 해서 제 주머니에 금화나 은화 한 닢 생긴 적은 없지만 지금까지 크리스마스는 저에게 축복을 내려 주었고 앞으로도 반드시 그럴 거예요. 그러니 이렇게 말하고 싶어요. 하느님의 은총이 크리스마스에 임하시길!"

골방에 있던 서기가 무심코 박수를 쳤다. 그러나 얼마나 뜬금없는 행동이었는지 곧바로 깨닫고 괜히 난롯불을 들쑤시다가 마지막 남은 희미한 불꽃마저 꺼뜨리고 말았다.

스크루지가 말했다.

"한 번만 더 박수 쳐 봐. 실업자가 돼서 크리스마스를 보내게 될 테니!"

스크루지는 조카에게로 몸을 돌리며 말을 이었다.

"어쩜 그렇게 말을 술술 잘하시는지! 왜 국회로 가지 않으셨나?"

"화내지 마세요, 삼촌. 내일 저희 집에 오세요! 저희랑 같이 저녁 식사 해요."

스크루지는 조카를 보러 가겠다고 말했다. 정말 그렇게 말했다. 그러나 뒤에 이어진 말을 모두 들어 보면, 곧 쪽박신세가 될 테니 그걸 보러 가겠다는 뜻이었다.

스크루지의 조카가 외쳤다.

"대체 왜 그러세요? 이유가 뭐죠?"

스크루지가 말했다.

"결혼은 왜 한 거냐?"

"사랑에 빠졌으니까요."

"사랑에 빠져서라고!"

스크루지는 세상에서 '메리 크리스마스'라는 말보다 더 얼토
당토않은 말이 있다면 바로 그 말이라는 듯 벌컥 화를 냈다.

"그만 가라!"

"하지만 삼촌, 제가 결혼하기 전에도 저희 집에 오신 적이 없
잖아요. 왜 이제 와서 제 결혼을 핑계로 안 오시겠다는 거예요?"

"그만 가라!"

"삼촌에게 아무것도 바라지 않아요. 뭘 해 달라는 것도 아니
에요. 그런데 왜 우린 정답게 지낼 수 없죠?"

"가라니까!"

"그렇게 고집을 부리시니 진심으로 아쉽네요. 제가 이렇게 말
대꾸하며 삼촌과 옥신각신한 적은 한 번도 없었죠. 하지만 크리
스마스에 경의를 표하려고 말씀드려 본 거고, 전 크리스마스 기
분을 끝까지 잃지 않을 거예요. 그러니 메리 크리스마스, 삼촌!"

"그만 가라."

"새해 복 많이 받으시고요!"

"그만 가!"

그럼에도 스크루지의 조카는 원망하는 말 한마디 없이 방을 나섰다. 조카는 덧문에서 걸음을 멈추고 서기에게도 크리스마스 인사를 건넸다. 성심성의껏 답례를 하는 모습을 보니, 서기는 몸은 꽁꽁 얼어붙었지만 마음만큼은 스크루지보다 따뜻한 사람이었다.

스크루지는 그 소리를 듣고 투덜거렸다.

"정신 빠진 인간이 또 있군. 주렁주렁 매달린 처자식을 일주일에 고작 15실링(*영국의 옛 화폐 단위.) 벌어서 먹여 살리는 주제에 즐거운 크리스마스라고 나불대다니. 차라리 내가 정신병원으로 들어가야지, 원."

그런데 그 정신 빠진 인간은 스크루지의 조카를 내보내면서 다른 사람들을 들여보내고 말았다. 인상 좋고 풍채가 의젓한 신사들이 어느새 모자를 벗고 스크루지의 사무실에 서 있었다. 신사들은 손에 책과 서류 뭉치를 들고 스크루지에게 고개 숙여 인사했다.

신사 한 명이 들고 있던 명부를 살피며 말했다.

"'스크루지 말리 상회'가 맞지요? 실례지만 스크루지 씨나 말리 씨와 말씀을 나눌 수 있을까요?"

스크루지가 대답했다.

"말리는 죽은 지 7년이 됐소. 7년 전 바로 오늘 밤에 죽었지."

신사가 인증서를 건네며 말했다.

"살아 계신 동업자께서 고인의 관대함을 대신 나타내 주시리라 믿어 의심치 않습니다."

정말이지 그랬다. 둘의 관심사는 비슷했다. '관대함'이라는 불길한 말에 스크루지는 눈살을 찌푸리고 고개를 저으며 인증서를 돌려주었다.

신사가 펜을 들며 말했다.

"스크루지 씨, 1년 중 가장 흥겨운 이 절기에 가난하고 궁핍한 사람들을 약간이나마 돕는 것은 정말 보람 있는 일입니다. 그들은 현재도 크나큰 고통 속에 있답니다. 수천 명이나 되는 사람들이 생필품도 없이 삽니다. 잠자리가 없는 사람들은 수십만 명에 이릅니다, 선생님."

스크루지가 물었다.

"감옥은 없소?"

신사는 펜을 다시 내려놓으며 말했다.

"감옥이야 많지요."

"구빈원은? 아직 운영 중이오?"

"네, 그렇지요. 그렇지 않다고 말씀드릴 수 있으면 좋겠습니다만."

"그럼 쳇바퀴 형벌(*19세기 영국에서는 죄수에게 징벌로 쳇바퀴를 밟아 돌리게 했다.)과 빈민구제법은 제대로 시행되고 있소?"

"양쪽 다 몹시 바쁘게 돌아가고 있습니다, 선생님."

"오! 난 또 당신이 처음에 한 말 때문에 걱정했잖소. 잘 돌아

18

가던 것들이 피치 못할 사정으로 중단된 줄 알고. 그 말을 들으니 안심이 되는군."

"그런 것들로는 많은 이들의 몸과 마음에 그리스도의 자비를 전해 주지 못한다는 생각이 들었습니다. 그래서 이렇게 몇몇 사람들이 빈민들에게 고기와 음료, 몸을 따뜻하게 해 줄 만한 것들을 나눠 주려고 기금을 모으고 있습니다. 크리스마스를 택한 이유는 가난한 이들은 가난을 더욱 절절히 느끼고, 부유한 이들은 풍족함을 더없이 만끽하는 때이기 때문입니다. 뭐라고 적을까요, 선생님?"

"아무것도 적지 마시오!"

"익명으로 하고 싶으시다고요?"

"난 혼자 있고 싶소. 내가 뭘 하고 싶은지 물었으니, 신사 양반, 그게 내 대답이오. 난 크리스마스가 즐겁지 않고, 게으른 사람들을 즐겁게 해 줄 여유도 없소. 난 아까 말한 시설들이 유지되도록 도움을 주고 있으니, 그걸로 충분해. 춥고 배고프면 거기로 가라고 하시오."

"그런 시설에 갈 수 없는 사람들이 많습니다. 그런 데 가느니 차라리 죽겠다고 하는 사람들도 많고요."

"어차피 죽을 목숨이라면 죽는 게 낫지. 쓸데없이 넘쳐나는 인구도 줄일 수 있고 말이오. 게다가 미안하지만 난 그런 일은 잘 모르오."

"하지만 아실 것 같은데요."

"내 알 바 아니오. 사람이 제 할 일이나 제대로 하면 되지, 딴 사람 일에 괜히 참견할 필요는 없어. 난 내 일만으로도 바빠 죽겠소. 잘 가시오, 신사 양반들!"

신사들은 아무리 설득해도 소용없으리란 사실을 확실히 깨닫고 물러났다. 스크루지는 말 한번 잘했다는 생각에 평소보다 우쭐해져서 다시 일에 몰두했다.

그러는 동안 안개와 어둠이 한층 짙어져서, 사람들은 너울거리는 횃불을 들고 길을 안내하느라 마차를 끄는 말 앞에서 이리 뛰고 저리 뛰었다. 교회의 오래된 종탑도 보이지가 않았다. 목소리가 걸걸한 낡은 교회 종은 벽에 난 고딕식 창문으로 늘 스크루지를 흘끔대더니 이제는 구름 속에 숨어 15분마다 소리를 퍼뜨리고는 여운을 남기며 드르르 떨었다. 저 높이 매달린 머리가 꽁꽁 얼어붙어 이빨을 딱딱 맞부딪히고 있는 것만 같았다. 추위가 심해졌다. 큰길가 한쪽 모퉁이에서는 인부들이 화톳불을 크게 지펴놓고 가스관을 수리하고 있었다. 누더기를 걸친 남자들과 사내아이들이 화톳불 주위에 모여들어 황홀한 얼굴로 눈을 깜빡거리며 손을 녹였다. 외톨이가 된 소화전은 밖으로 넘쳐흐른 물이 갑자기 얼어붙어 보기 흉한 얼음덩어리로 변해 버렸다. 상점 창문에서는 호랑가시나무 가지와 열매가 등불의 열기를 받아 타닥거리고, 지나가는 사람들의 창백한 얼굴은 상점 불빛에 붉게 물들었다. 닭고기와 칠면조 고기를 파는 고깃간과 식료품점은 보기만 해도 절로 웃음이 나왔다. 따분하게 물건을 사고팔

기만 하는 곳이라고는 믿기 힘들 정도로, 일종의 신명나는 야외극이 펼쳐지고 있었다.

성채처럼 거대한 관저에 사는 시장은 쉰 명이나 되는 요리사와 집사에게 시장을 모시는 사람답게 크리스마스를 기념하라고 지시했다. 지난 월요일, 술에 취해 길에서 난동을 부린 죄목으로 시장에게서 5실링의 벌금형을 받은 왜소한 재단사도 오늘만큼은 초라한 다락방에서 다음날 먹을 푸딩의 반죽을 열심히 섞었고, 그동안 여윈 아내는 아기를 데리고 발걸음 가볍게 쇠고기를 사러 나갔다.

안개는 한층 짙어졌고 추위도 더욱 혹독해졌다. 살을 에고 뼈에 스며드는 매서운 추위였다. 선량한 성 던스턴(*캔터베리의 대주교로, 대장장이의 불집게로 악마의 코를 비틀어 물리쳤다는 전설이 있다.)이 손에 익은 그 무기를 휘두르는 대신 이렇게 매서운 날씨로 악마의 코를 살짝 꼬집기만 했어도, 분명 속 시원하게 웃어젖힐 수 있었을 텐데. 개들이 갉아먹은 뼈다귀처럼, 굶주린 추위에 빈약하고 작은 코를 물어뜯기고 한껏 씹힌 사내아이가 스크루지의 사무소 앞에서 허리를 숙이고 열쇠 구멍을 들여다보았다. 스크루지를 기쁘게 해 준답시고 크리스마스 캐럴을 부르기 시작했다.

하느님이 축복하시길, 즐거운 신사여!
낙심할 일 전혀 없도다!

그러나 첫 소절이 들리자마자 스크루지는 무서운 기세로 자를 움켜쥐었다. 노래를 부르던 아이는 안개에, 그리고 안개보다 훨씬 더 잘 어울리는 서리에 열쇠 구멍을 맡겨 두고 겁에 질려 달아났다.

마침내 회계 사무소 문을 닫을 시간이 되었다. 스크루지가 못마땅한 얼굴로 의자에서 일어나며 시간이 됐음을 말없이 알리자, 이제나저제나 기다리고 있던 서기는 촛불을 훅 끄고 모자를 썼다.

스크루지가 말했다.

"내일은 종일 쉬고 싶을 테지?"

"사장님께서 괜찮으시다면요."

"괜찮을 리가 있나? 공평하지도 않고. 자네가 하루 쉰다고 내가 봉급에서 반 크라운을 깎으면 자넨 보나마나 부당하다고 생각하겠지."

서기는 힘없이 웃음지었다.

스크루지가 말했다.

"하지만 내 입장에서는 일하지 않은 날까지 쳐서 봉급을 줘야 하는데, 그건 부당하지 않나?"

서기는 1년에 딱 한 번뿐이라고 조심스레 이야기했다.

그러자 스크루지는 두툼한 외투의 단추를 턱 밑까지 잠그며 말했다.

"12월 25일마다 남의 주머니를 털어 가는 변명치고는 너무 궁색해! 그래도 자넨 종일 쉬어야겠지. 대신 모레 아침에는 새벽같이 출근해야 하네."

서기는 그러겠다고 약속했다. 스크루지는 투덜거리며 밖으로 나갔다. 사무실은 눈 깜빡할 사이에 닫혔고, 서기는 (스크루지처럼 두툼한 외투를 자랑하는 대신) 흰 목도리를 허리 아래까지 길게 늘어뜨린 채, 콘힐 언덕에 한 줄로 늘어선 소년들 뒤에 서서 크리스마스이브를 맞이해 스무 번이나 미끄럼을 탔다. 그런 다음 자녀들과 술래잡기를 하려고 캠든타운에 있는 집으로 바람처럼 달려갔다.

스크루지는 음울한 단골 선술집에서 우울한 저녁 식사를 했다. 선술집에 있는 신문이란 신문을 죄다 읽어치우고, 남은 시간에는 은행 장부를 뒤적이다가 잠을 자러 집에 갔다. 스크루지가 사는 공동주택은 죽은 동업자가 살던 곳이었다. 그 공동주택은 공터에 야트막하게 쌓아 올린 건물 속에 음침한 방들이 다닥다닥 붙은 형태였다. 집이 있을 만한 위치가 아니어서 그 공동주택이 어린 집이었을 때 다른 집들과 숨바꼭질을 하며 그곳에서 놀다가 나가는 길을 잃어버린 거라고 생각할 수밖에 없었다. 이제는 낡을 대로 낡은 데다 황량하기 그지없었다. 스크루지를 빼면 거기 사는 사람이 아무도 없었고, 다른 방들은 죄다 사무실로 임대됐기 때문이었다. 마당에 관해서라면 돌멩이 하나까지 잘아는 스크루지도 마당이 너무 컴컴해서 어쩔 수 없이 두 손을 더

듣거렸다. 안개와 서리가 시커멓고 낡은 현관문을 감싼 탓에 날씨의 수호신이 문간에 앉아 서글픈 사색에 잠겨 있는 것처럼 보였다.

그건 그렇고, 몇 가지 사실을 명심하길 바란다. 우선 현관문을 두드리는 쇠고리는 매우 크다는 점을 빼곤 아무런 특색이 없었다. 스크루지는 거기 사는 내내 밤낮으로 그 쇠고리를 보아 왔다. 게다가 스크루지는 여느 런던 시민, 그러니까 과감하게 말해서 지방자치의원과 시의회의원과 동업조합원까지 포함한 여느 런던 시민과 마찬가지로 상상력이 눈곱만큼도 없었다. 스크루지가 그날 오후 7년 전 죽은 동업자 이야기를 입에 올린 뒤 말리를 단 한 번도 떠올리지 않았다는 점 역시 명심하자. 이런 상황에서 스크루지에게 벌어진 일을 설명해 줄 수 있는 사람이 있다면 나에게 좀 이야기해 주길 바란다. 스크루지가 현관문 열쇠구멍에 열쇠를 꽂는 순간, 어떤 변화 과정도 없이 문 쇠고리가 갑자기 말리의 얼굴로 보인 까닭을 말이다.

말리의 얼굴! 그것은 마당에 있는 다른 물체들처럼 꿰뚫어 볼 수 없는 어둠에 묻혀 있지 않았고, 컴컴한 지하실에 있는 썩은 바닷가재처럼 음산한 빛을 내뿜고 있었다. 화난 얼굴도, 사나운 얼굴도 아니었지만 유령 같은 이마에 유령 같은 안경을 걸치고 생전의 말리와 똑같은 표정으로 스크루지를 바라보고 있었다. 입김이나 뜨거운 공기를 쏘이고 있는 듯 머리카락이 기묘하게 나부꼈다. 눈을 부릅뜨고 있었지만 눈동자는 조금도 움직이

24

지 않았다. 게다가 창백한 납빛 얼굴 때문에 소름이 끼쳤다. 그러나 일부러 그런 분위기를 자아내는 것이 아니라 어쩔 수 없이 얼굴에서 공포가 발산되는 것 같았다.

스크루지가 이 기이한 형상을 뚫어져라 보고 있었더니 그것은 다시 쇠고리가 되었다.

스크루지가 놀라지 않았다거나 난생처음 느끼는 섬뜩함에 몸서리치지 않았다고 한다면 거짓말일 것이다. 그러나 스크루지는 놓아 버렸던 열쇠를 다시 붙잡고 힘껏 돌린 다음 안으로 들어가 초에 불을 붙였다.

스크루지는 문을 닫기 전에 순간 망설이며 멈칫했다. 그리고 말리의 머리 꽁지가 현관문 안쪽에서 삐죽 튀어나온 모습을 보고 놀랄 각오라도 한 듯이 쇠고리 뒤쪽을 조심조심 살펴보았다. 하지만 문 안쪽에는 쇠고리를 고정한 너트와 볼트 빼고는 별다른 것이 없어서 스크루지는 "흥, 제기랄!" 하고는 문을 쾅 닫았다.

쾅 소리는 천둥처럼 집 안 곳곳에 울려 퍼졌다. 위층에 있는 모든 방과 포도주 상인이 지하실에 보관하는 모든 술통이 저마다 다른 메아리로 그 소리에 화답하는 것 같았다. 스크루지는 메아리 따위에 겁을 먹는 사람이 아니었다. 문을 단단히 잠그고 현관을 지나 계단을 올랐다. 그것도 아주 느릿느릿, 양초 가장자리를 더듬으면서 올라갔다.

여러분이라면 '육두마차(*말 여섯 필이 끄는 마차.)를 몰고 갈

만한 계단'이라던가, '이번 법은 하도 빈틈이 많으니 육두마차로 뚫고 지나가도 되겠다니까'라는 애매한 표현을 쓸지도 모른다. 그러나 내가 하고 싶은 말은 그 계단은 영구차가 지나갈 정도로 넓었다는 것이다. 그것도 마차를 옆으로 돌려, 말과 연결된 가로막대가 벽을 향하고 뒷문이 난간을 향한 상태에서 지나가더라도 식은 죽 먹기였을 것이다. 그렇게 해도 공간이 남을 정도로 넓은 계단이었다. 스크루지가 어둠 속에서 자기 앞을 지나간 영구차를 본 것 같다고 생각한 이유도 아마 그 때문이었을 것이다. 거리에서 가스등을 대여섯 개 뽑아 와도 계단 어귀를 밝히기에는 부족할 정도였으니, 스크루지의 어설픈 촛불만이 비추는 계단이 얼마나 깜깜밤중과도 같았을지 짐작할 수 있을 것이다.

그러나 스크루지는 조금도 개의치 않고 계단을 올랐다. 깜깜하면 돈이 적게 들 테니 그 편이 좋았다. 그래도 묵직한 문을 닫기 전에 이 방 저 방 다니며 이상이 없는지 살펴보았다. 아까 본 말리의 얼굴이 생생히 떠올라서 그렇게 하지 않고서는 견딜 수가 없었다.

거실, 침실, 창고, 모두 평소와 다름없었다. 탁자 아래에도, 소파 밑에도 아무도 없었다. 벽난로에서는 작은 불꽃이 타고 있었다. 숟가락과 그릇도 준비되어 있었다. 벽난로 시렁에는 묽은 죽이 담긴 작은 스튜 냄비가 놓여 있었다.(스크루지는 코감기에 걸려 있었다.) 침대 밑에도, 벽장에도 아무도 없었다. 수상쩍은 모양새로 벽에 걸린 잠옷 속에도 역시 아무도 없었다. 창고도 그 모습 그대로였다. 낡은 난로용 철망, 낡아빠진 구두, 낚시 바구니 두 개, 삼발이 세면대, 부지깽이.

스크루지는 무척 흡족해하며 문을 닫고 걸어 잠갔다. 평소와는 달리 이중으로 잠갔다. 뜻밖의 일을 당하지 않도록 이렇게 만반의 준비를 하고 나서야 넥타이를 풀었다. 잠옷을 입고 슬리퍼를 신고 취침용 모자를 썼다. 그리고 죽을 먹으려고 난로 앞에 앉았다.

난로의 불씨는 너무 기운이 없어서 이토록 추운 밤에는 있으나 마나였다. 스크루지가 할 수 없이 난로에 바싹 붙어 앉아 껴안듯이 몸을 수그리자, 한 줌도 안 되는 석탄에서 미약하나마 온기가 느껴졌다. 낡은 벽난로는 오래 전에 어느 네덜란드 상인이 만든 것으로, 성서의 장면을 보여 주는 진기한 네덜란드 타일들이 촘촘히 붙어 있었다. 타일은 카인과 아벨, 바로의 딸들, 시바의 여왕, 깃털 이불 같은 구름을 타고 하늘을 가르며 내려오는 천사들, 아브라함, 벨사살, 버터 그릇 같은 배를 타고 바다로 나가는 사도들, 그 외에도 스크루지의 주의를 끄는 수많은 인물들을 보여 주었다. 그러다 7년 전 죽은 말리의 얼굴이 옛 예언자의 지팡이처럼 나타나 그 모두를 삼켜 버렸다. 그 매끄러운 타일들에 아예 아무런 그림이 없어서 스크루지의 머릿속에 어지럽게 떠오른 생각의 파편들로 그림을 그릴 수 있었다 하더라도, 타일은 죄다 죽은 말리의 얼굴로 가득 채워졌을 터였다.

"허튼소리!"

27

스크루지는 이렇게 말하고 방 저편으로 저벅저벅 걸어갔다.

스크루지는 몇 차례 집을 둘러본 후 다시 난롯가로 돌아왔다. 의자에 앉아 머리를 뒤로 젖히자 우연히 방에 걸린 종이 눈에 들어왔다. 이젠 사용하지 않지만 기억나지 않는 어떤 목적 때문에 건물 맨 위층 방과 연락하는 데 쓰이던 종이었다. 그런데 심장이 철렁할 정도로 놀랍고, 이상하면서도 불가사의한 일이 벌어졌다. 스크루지가 보고 있는 동안 그 종이 흔들리기 시작한 것이었다. 처음에는 살살 흔들린 탓에 소리가 거의 나지 않았다. 하지만 곧 우렁차게 종소리가 울려 퍼지더니 집 안에 있는 모든 종들도 따라서 울리는 게 아닌가!

고작 30초나 1분 정도였겠지만 스크루지에게는 한 시간처럼 느껴졌다. 종들은 울리기 시작했을 때와 마찬가지로 동시에 뚝 그쳤다. 뒤이어 저 아래에서 쩔걱쩔걱 소리가 들려왔다. 누군가 포도주 상인의 지하실에 있는 술통 위로 무거운 사슬을 끌고 다니는 것 같았다. 그때 스크루지는 퍼뜩 기억이 났다. 유령이 나오는 집에서는 유령들이 쇠사슬을 끌고 다닌다는 얘기를 들은 적이 있었던 것이다.

지하실 문이 쿵 소리와 함께 활짝 열렸다. 곧 훨씬 큰 소리가 아래층 마루에서 들렸다. 그 소리는 계단을 올라왔다. 그리고 스크루지의 방을 향해 곧장 다가왔다.

스크루지가 말했다.

"그래 봤자 허튼소리야! 난 안 믿어!"

다.

"이건 또 뭐지?"

스크루지는 언제나처럼 차갑게 빈정거렸다.

"나한테 원하는 게 뭐야?"

"많지!"

영락없이 말리의 목소리였다.

"당신은 누구야?"

"차라리 누구였느냐고 물어라."

스크루지는 목소리를 높였다.

"그럼, 당신은 누구였지? 유령치고는 까다롭게 구는군."

실은 '유령 주제에'라고 말하려다가 '유령치고는'이 더 적절한 듯하여 표현을 바꾼 것이었다.

"살아 있을 때는 자네의 동업자, 제이콥 말리였지."

스크루지는 미심쩍은 표정으로 유령을 보며 물었다.

"혹시…… 혹시 앉을 수 있나?"

"그래."

"그럼 좀 앉게."

스크루지가 이런 질문을 한 까닭은 이렇게 속이 훤히 보이는 유령이 정말 의자에 앉을 수 있는지도 궁금했지만, 혹시 앉지 못할 경우 당황해서 변명을 늘어놓게 만들려는 꿍꿍이도 있었다. 하지만 유령은 그게 뭐 대수냐는 듯 벽난로 맞은편에 앉았다.

유령이 말했다.

"날 못 믿는군."

"그래."

"자네의 감각 말고 내가 진짜라는 걸 증명해 줄 방도가 또 어디 있다고?"

"모르겠네."

"왜 자네의 감각을 의심하나?"

"사소한 것에도 영향을 받기 때문이지. 배가 조금만 더부룩해도 감각은 사기꾼이 되거든. 자네는 소화 안 된 고기 조각, 겨자한 점, 치즈 부스러기, 설익은 감자 조각일지도 모른단 말이야. 정체가 뭐든, 자네에게선 무덤 냄새보다는 고기 국물 냄새가 풍기는군!"

스크루지는 농담을 즐겨 하는 성격도 아니었거니와 익살을 떨고 싶은 마음은 눈곱만큼도 없었다. 실은 뼛속까지 부르르 떨릴 정도로 유령의 목소리가 무서웠기 때문에 재치 있는 말이라도 해서 스스로 주의를 환기시키며 두려움을 가라앉히려는 것이었다.

스크루지는 유령의 움직이지 않는 흐리멍덩한 눈을 잠시라도 가만히 보고 있으면 정신이 나가 버릴 것만 같았다. 게다가 섬뜩하기 짝이 없는 지옥의 공기가 유령을 휘감고 있었다. 스크루지가 직접 느끼지는 못했지만 분명히 그랬다. 유령이 꼼짝 않고 앉아 있는데도 머리카락과 외투 자락과 부츠의 장식 술이 오븐에서 나오는 뜨거운 김을 쏘이듯 계속 나부끼고 있는 것을 보면 알 수 있었다.

"이 이쑤시개 보이나?"

스크루지는 좀 전에 설명한 그 이유 때문에 얼른 원래 목적으로 되돌아가 물었다. 잠시라도 좋으니 이 환영의 돌처럼 굳은 시선이 딴 곳으로 가기를 빌었다.

유령이 대답했다.

"보이네."

"이걸 보고 있지 않잖나."

"하지만 그래도 보이네."

"좋아! 그렇다면 이 이쑤시개를 삼키고 앞으로 평생을 내가 만들어 낸 마귀 떼에게 시달리며 사는 수밖에. 허튼소리 작작 해! 허튼수작이야!"

이 말에 유령은 소름끼치는 비명을 지르며 쇠사슬을 마구 흔들었다. 사슬에서 어찌나 무시무시하고 소름끼치는 괴성이 났는지, 스크루지는 실신하지 않으려고 의자를 꼭 붙잡았다. 그러나 그게 다가 아니었다. 유령이 방 안에 있으니 너무 덥다는 듯 머리와 턱을 감싼 붕대를 풀자, 아래턱이 유령의 가슴까지 뚝 떨어지고 말았다! 스크루지는 그야말로 혼이 나가기 직전이었다.

스크루지는 털썩 무릎을 꿇고 얼굴 앞으로 두 손을 모으며 말했다.

"살려 주십시오! 두려운 망령이시여, 저에게 왜 이러십니까?"

"속된 인간이여! 나를 믿는가, 안 믿는가?"

"믿습니다. 믿어야지요. 그런데 유령이 왜 이승을 떠돌며, 또 왜 절 찾아오신 겁니까?"

유령이 대답했다.

"인간은 누구든 자기 속에 있는 영혼이 곳곳을 돌아다니며 다른 인간들과 어울리게 해 줘야 하는 법이다. 살아서 세상을 돌아다니지 못한 영혼은 죽은 후에라도 그렇게 해야만 한다. 오, 얼마나 비통한 일인가! 세상을 돌고 돌며 이제는 자기 몫이 될 수 없는 행복을 지켜봐야 하다니! 살아 있을 때 누릴 수도 있었던 행복을!"

유령은 다시 한 번 비명을 지르며 쇠사슬을 흔들고 그림자 같은 두 손을 비틀었다.

스크루지가 몸을 떨며 말했다.

"사슬은 왜 차고 있습니까?"

유령이 대답했다.

"살아 있을 때 만든 사슬을 두르고 있는 것이다. 고리를 하나씩 매달면서 한 뼘씩 늘려나간 거야. 내 자유의지로 사슬을 찬 거네. 내 자유의지로! 이 모양이 낯선가?"

스크루지의 몸이 와들와들 떨렸다.

유령이 다그쳤다.

"아니면 자네 몸에 두르고 있는 쇠사슬의 무게와 길이를 알고 싶은가? 자네는 내 것만큼이나 무겁고 긴 사슬을 7년 전 크리스마스이브 때부터 차고 있었지. 그 후로도 줄곧 늘려 왔으니 지금은 어마어마하게 무거워졌을 거야!"

스크루지는 100미터나 되는 쇠사슬이 몸에 감겨 있는지 보려고 바닥을 이쪽저쪽 둘러보았다. 하지만 아무것도 보이지 않았다.

스크루지는 애원하듯 말했다.

"제이콥! 내 친구 제이콥 말리, 자세히 말해 주게. 위로가 될 말을 좀 해 주게, 제이콥!"

유령이 대답했다.

"위로는 해 줄 수 없네. 그건 다른 영역에 속한 것이라네, 에브니저 스크루지. 다른 전령들이 자네와는 다른 부류의 인간들에게 전하는 것이지. 내가 뭘 해 줄 수 있는지도 말할 수가 없네. 아주 조금만 더 말하는 게 내게 허락된 전부야. 난 한곳에서 쉴 수도 없고 머무를 수도 없고 오래 지체할 수도 없네. 내 영혼은 우리의 회계 사무소 밖으로 나가 본 적이 없었네. 잘 들어둬! 생전에 내 영혼은 환전 소굴이라는 좁디좁은 구역 너머로 돌아다닌 적이 없어. 그래서 난 앞으로 지긋지긋하게 떠돌아다녀야 해!"

스크루지는 생각에 잠기면 두 손을 바지 주머니에 넣는 버릇이 있었다. 지금도 유령이 한 말을 곰곰이 생각하며 손을 주머니에 찔러 넣었지만, 눈을 들거나 무릎을 펴지는 못했다.

스크루지가 공손하지만 사무적인 어조로 말했다.

"그걸 알아내는 데 정말 오래 걸린 모양이군, 제이콥."

유령이 스크루지의 말을 되뇌었다.

"오래 걸렸다고!"

스크루지가 생각에 잠긴 채 말했다.

"죽은 지 7년이야. 그런데 그동안 내내 떠돌아다녔다니!"

"그랬지. 휴식도, 안식도 없었어. 후회 때문에 끝없는 고통에 시달렸지."

스크루지가 물었다.

"빨리 다니기는 하나?"

"바람의 날개를 타고 다니지."

"7년 동안 수많은 곳을 다녔겠군."

유령은 그 말을 듣자마자 또다시 비명을 지르며 쇠사슬을 쩔 걱쩔걱 흔들어 댔다. 숨소리 하나 없이 고요한 밤에 울리는 쇠사 슬 소리가 어찌나 무시무시했던지, 누군가 유령을 소란 죄로 고 소해도 할 말이 없을 것만 같았다.

유령이 외쳤다.

"오! 갇히고 매이고 사슬에 꽁꽁 묶인 인간들이여! 지상에서 누릴 수 있는 행복을 모두 맛보기도 전에 이승의 삶을 접고 내세 로 떠나야 하므로, 불멸의 존재들이 수많은 세월 동안 끝없이 노 력해 왔음을 알지 못하도다! 이 자그마한 지구 곳곳에서 그리스 도의 마음으로 그 어떤 선행을 하더라도, 인간의 삶이 너무 짧아 그 광대한 목적을 달성하기 어렵다는 걸 알지 못하도다! 한 번 뿐인 인생이라는 기회를 제대로 이용하지 못했다고 후회해 봤자 아무 소용이 없다는 걸 알지 못하도다! 그런데 내가 그랬다네!

오! 내가 그랬어!"

유령이 하는 말이 점점 자기 얘기처럼 들리기 시작한 스크루지가 더듬더듬 말했다.

"하, 하지만 자, 자넨 훌륭한 사업가였어, 제이콥."

유령은 또 한 번 손을 힘껏 비틀며 외쳤다.

"사업이라고! 난 사람들을 위한 사업을 했어야 했네. 많은 이들이 행복하게 살도록 힘쓰는 게 내 사업이었어야 했거늘! 자선, 자비, 인내, 선행, 그 모두가 내가 해야 할 사업이었단 말일세. 내가 했던 거래는 원래 했어야 하는 사업에 비하면 넓고 넓은 바다의 물 한 방울에 지나지 않았다고!"

유령은 돌이킬 수 없는 모든 불행의 원인이 이 사슬 때문이라는 듯 팔을 뻗어 쇠사슬을 높이 쳐들었다가 힘껏 내동댕이쳤다.

유령이 말했다.

"흘러가는 1년이라는 시간 중에서 이맘때가 가장 괴롭다네. 나는 왜 북적대는 사람들 사이를 헤쳐 나갈 때 눈을 내리깔고만 있었던가! 왜 한 번이라도 눈을 들어 동방박사들을 그 보잘것없는 거처로 이끈 저 신성한 별을 바라보지 않았던가! 그 별이 나를 인도해 데려갈 가난한 집이 없지도 않았을 텐데!"

스크루지는 이런 식으로 계속되는 유령의 말을 듣고는 몹시 당황해서 오들오들 떨기 시작했다.

유령이 말했다.

"내 말을 잘 듣게! 시간이 거의 다 됐어."

스크루지가 말했다.

"알겠네. 하지만 너무 가혹한 말은 말아 주게! 복잡하게도 말고, 제이콥! 제발!"

"내가 어떻게 자네가 볼 수 있는 모습으로 이렇게 나타나게 됐는지는 말해 주지 않을 걸세. 실은 수많은 날들을 눈에 안 보이는 모습으로 자네 곁에 앉아 있었지."

그다지 기분 좋은 얘기는 아니었다. 스크루지는 몸을 부르르 떨고 이마에 맺힌 땀을 훔쳤다.

유령이 말을 이었다.

"그건 내 속죄 가운데서도 결코 가벼운 부분이 아니라네. 오늘 밤 여기 온 건 자네에게는 나와 같은 최후를 피할 기회와 희망이 있다고 알려 주기 위해서야. 내가 주선한 한 번뿐인 기회와 희망일세, 에브니저."

스크루지가 말했다.

"자넨 늘 내게 좋은 친구였어. 고맙네!"

"세 유령이 자네를 찾아올 거야."

스크루지의 안색이 유령만큼이나 침울해졌다.

스크루지는 더듬거리는 목소리로 물었다.

"그, 그게 자네가 말한 기회와 희망인가, 제이콥?"

"그렇네."

"나, 난 사양하고 싶네만."

"그들을 만나지 않으면, 내가 걷는 길을 피할 방도가 없네.

첫째 유령은 내일 새벽 1시에 종이 울리면 올 거야."

스크루지가 넌지시 물었다.

"한꺼번에 모두 만나고 끝내 버리면 안 될까, 제이콥?"

"두 번째 유령은 다음날 밤 같은 시각에 올 거야. 세 번째 유
령은 다음날 밤 12시를 알리는 마지막 종소리가 떨림을 멈추면
나타날 거야. 이제 날 볼 일은 없을 걸세. 그러니 자네 자신을
위해 우리가 나눈 이야기를 잊지 말고 꼭 기억하게!"

유령은 이 말을 한 뒤 붕대를 탁자에서 집어 들고 전처럼 머
리에 둘렀다. 스크루지는 턱이 붕대 때문에 다시 닫혀 이가 딱딱
맞부딪히는 소리를 듣고 그 사실을 알게 되었다. 스크루지는 용
기를 짜내서 다시 눈을 들었다. 그러자 이 불가사의한 방문객이
쇠사슬을 팔과 몸에 두르고 꼿꼿이 서서 자신을 마주보고 있는
모습이 보였다.

유령은 뒷걸음질치며 멀어졌다. 걸음을 옮길 때마다 창문이
저절로 조금씩 들썩들썩 들리더니 유령이 창가에 이르렀을 즈
음에는 활짝 열려 있었다. 유령이 스크루지에게 다가오라고 손
짓하자, 스크루지는 걸음을 옮겼다. 유령에게서 두 발짝 떨어진
곳에 이르자, 말리의 유령은 더 다가오지 말라는 뜻으로 손을 들
었다. 스크루지는 그 자리에 멈추었다.

유령의 말에 따른 것이라기보다는 놀라움과 두려움 때문이었
다. 유령이 들어올린 손 너머에서 허공을 떠도는 복잡한 소리가
들렸던 것이다. 비탄과 후회로 가득한 울부짖음, 이루 말할 수

없는 슬픔과 자책이 뒤섞인 통곡 소리. 유령은 잠시 귀를 기울이다가 그 구슬프고 애잔한 노래에 목소리를 보탰다. 그런 다음 어둡고 스산한 밤하늘로 스르르 사라져 갔다.

스크루지는 호기심을 참지 못해 창가로 다가갔다. 그리고 밖을 내다보았다.

밤하늘은 구슬프게 울부짖으며 쉴 틈 없이 이리저리 떠도는 유령들로 가득했다. 유령들은 하나같이 말리의 유령처럼 쇠사슬을 두르고 있었고, 몇 안 되지만 (범죄를 저지른 정부 관료들인 것 같았다.) 서로 묶인 유령들도 있었다. 자유로운 유령은 하나도 없었다. 살았을 때 스크루지가 개인적으로 알고 지냈던 유령들도 많았다. 흰 조끼를 입고 발목에 기괴한 철제 금고를 단 늙은 유령은 꽤 친하게 지내던 사이였다. 그 유령은 아기를 안고 현관 계단에 앉은 가련한 여자를 내려다보며, 도울 수 없다는 안타까움에 애처롭게 울부짖었다. 좋은 마음으로 인간사에 관여하고 싶어도 그럴 힘을 영원히 잃어버렸다는 사실이 모든 유령이 겪는 비극임이 분명했다.

이 괴물들이 안개 속으로 사라졌는지 안개가 그들을 뒤덮었는지, 스크루지는 알 수 없었다. 그러나 유령들과 그들의 불가사의한 목소리는 함께 사라져 갔다. 그리고 밤은 스크루지가 집에 돌아왔을 때와 똑같은 모습으로 되돌아왔다.

스크루지는 창문을 닫고 유령이 들어왔던 문을 살펴보았다. 스크루지가 자기 손으로 잠갔을 때처럼 이중으로 잠겨 있었고,

볼트도 빠지지 않고 그대로였다. 스크루지는 "허튼소리!"라고 말하려다가 첫 음절에서 멈추었다. 공포와 홍분에 시달린 탓인지, 그날의 피로 때문인지, 보이지 않는 세계를 얼핏 본 탓인지, 유령과 지루한 대화를 나눈 탓인지, 아니면 밤이 깊었기 때문인지, 쉬고 싶은 마음이 간절했다. 스크루지는 옷도 벗지 않고 곧장 침대로 가 즉시 곯아떨어졌다.

제2장
첫째 유령

스크루지가 잠에서 깼을 때는 몹시도 캄캄했다. 침대에서 보니 어느 것이 투명한 유리창이고 어느 것이 불투명한 벽인지 구분이 되지 않았다. 스크루지가 족제비 같은 눈으로 어둠을 꿰뚫어 보려 애쓰고 있는데, 15분마다 울리는 교회 종이 네 번 울렸다. 그래서 스크루지는 몇 시 정각인지 알려고 귀를 기울였다.

　무척 놀랍게도 그 무거운 종은 여섯, 그리고 일곱, 그리고 여덟…… 일정한 간격으로 이렇게 열두 번 울리고 멎었다. 12시라니! 스크루지가 잠자리에 든 건 새벽 2시가 넘어서였다. 시계가 고장 난 모양이었다. 시계 톱니바퀴에 고드름이라도 낀 게 분명했다. 12시라니!

　스크루지는 교회 종이 알려 준 이 생뚱맞은 시간을 바로잡으려고 리피터(*단추를 누르면 가장 최근에 알린 시각을 다시 알려 주는 시계.)의 단추를 눌렀다. 리피터의 빠르고 여린 맥박도 열두 번을 뛰고 멈추었다.

스크루지가 말했다.

"아니, 말도 안 돼. 내가 온종일도 모자라 다음날 밤까지 정신없이 자다니! 태양에 이변이 일어나 낮 12시에 세상이 이렇게 캄캄할 리도 없고!"

그렇게 생각하자 불안해진 스크루지는 침대에서 기어 나와 창문으로 더듬더듬 다가갔다. 뭐라도 보려면 유리창에 낀 서리를 잠옷 소매로 빠득빠득 문질러야 했다. 하지만 그래 봤자 보이지 않기는 마찬가지였다. 그나마 알아낸 것이 있다면 아직도 안개가 자욱하고 끔찍하게 춥다는 것과 이리저리 뛰어다니며 야단법석을 떠는 사람들의 소리가 들리지 않는다는 것 정도였다. 밤이 낮을 몰아내고 세상을 차지해 버렸다면 이렇게 조용할 리가 없었다. 스크루지는 마음이 놓였다. 행여 낮이 없어져서 날을 셀 수 없다면 '이 제1어음을 일람 후 사흘 안에 에브니저 스크루지 씨나 그가 지정한 사람에게 지급하시오.'와 같은 말은 미국 정부에서 발행한 국채처럼 하루아침에 휴지 조각이 되고 말 테니까.

스크루지는 침대로 돌아가 생각하고, 생각하고, 또 생각했지만 영문을 알 수가 없었다. 생각하면 할수록 혼란스러워졌다. 생각하지 않으려 애쓸수록 더더욱 골똘히 생각하게 되었다. 말리 유령에 관한 생각이 끈질기게 달라붙어 스크루지를 괴롭혔

"1시 정각! 하지만 아무 일도 없어!"

그 말이 떨어지기 무섭게 정각을 알리는 종소리가 깊고, 둔탁하고, 공허하고, 구슬프게 울려 퍼졌다. 곧바로 방 안에 불빛이 번쩍하더니 침대 커튼이 홱 젖혀졌다.

분명히 말하지만 침대 커튼을 옆으로 젖힌 것은 누군가의 손이었다. 발치에 있는 커튼도 등 뒤에 있는 커튼도 아니고 스크루지의 얼굴 앞에 있던 커튼이었다. 침대 커튼이 옆으로 젖혀지자, 몸을 반쯤 일으키던 스크루지는 커튼을 젖힌 장본인, 이 세상 사람 같지 않은 방문객과 얼굴을 딱 마주치고 말았다. 마음으로는 여러분 곁에 서 있는 지금의 나처럼 방문객은 스크루지와 아주 가까운 곳에 있었다.

기이한 모습이었다. 어린아이 같았다. 그러나 아이 같은가 하면 노인 같기도 했다. 초자연적인 투명 막이 사이에 있어서 저 멀리 떨어져 있는 느낌이 들었고, 어린아이만큼 작게 보였다. 목덜미를 감싸고 등까지 내려온 머리카락은 하얗게 세어 있었지만 얼굴에는 주름 하나 없었고, 피부는 발그레하게 생기가 감돌았다. 팔은 몹시 길고 억세 보였다. 손아귀 힘도 보통이 아닐 듯했다. 몹시 섬세해 보이는 다리와 발은 팔과 손처럼 맨살이 드러나 있었다. 눈부시게 새하얀 튜닉(*고대 그리스와 로마에서 입었던 소매 없는 헐렁한 옷.)을 입고 허리에는 찬란한 광채가 번쩍이는 띠를 두르고 있었다. 손에는 싱싱한 초록색 호랑가시나무 가지를 들었는데, 겨울의 상징인 그 가지와 어울리지 않게 여름 꽃들

45

이 옷자락을 수놓고 있었다. 그러나 무엇보다도 이상한 점은 정수리에서 쏟아져 나오는 눈부신 빛이었고, 그 빛 덕분에 앞에 지금껏 설명한 이 모든 것을 볼 수 있었다. 그리고 겨드랑이에 커다란 고깔 모양의 소화기를 끼고 있었는데, 좀 지루해지면 그것을 모자 삼아 뒤집어쓰려는 게 분명했다.

그러나 차츰 안정을 되찾으며 자세히 살펴보니, 가장 기이한 점은 따로 있었다. 유령의 허리띠는 이쪽에서 번쩍, 저쪽에서 번쩍했는데, 한 번 번쩍 빛난 부분이 금세 어두워지면서 유령의 모습을 변화무쌍하게 바꾸는 게 아닌가! 팔이 하나만 달렸나 싶으면 금세 다리가 하나더니, 다시 다리가 스무 개가 되었다가, 머리 없이 두 다리만 남았다가, 몸통 없이 머리만 동그마니 남기도 했다. 사라진 부분들은 짙은 어둠 속에 녹아들어 윤곽도 보이지 않았다. 유령은 이렇게 놀라운 변신을 거듭하다가도 어느새 뚜렷하고 선명한 제 모습으로 되돌아오곤 했다.

스크루지가 물었다.

"저를 찾아오신다던 유령님이십니까?"

"그렇다!"

부드럽고 자상한 목소리였다. 가까이 있는데도, 멀리 떨어진 곳에서 말하는 것처럼 아득하게 들렸다.

스크루지가 물었다.

"무슨 유령이신가요?"

"난 '과거의 크리스마스' 유령이다."

스크루지는 난쟁이처럼 작은 유령의 모습을 살피며 다시 물었다.

"옛날 옛적 말입니까?"

"아니, 너의 과거다."

누군가 스크루지에게 묻더라도 이유를 말할 수 없었겠지만, 스크루지는 모자를 쓴 유령의 모습을 보고 싶어 견딜 수가 없었다. 그래서 유령에게 모자를 써 달라고 부탁했다.

유령이 소리쳤다.

"뭐라고! 속된 손으로 내가 주는 빛을 순식간에 꺼 버리겠다는 것이냐? 너처럼 탐욕스러운 인간들이 이 모자를 만들어 오랜 세월 강제로 내 머리에 덮어 씌웠거늘! 아직도 성이 차지 않았단 말이냐?"

스크루지는 기분을 해칠 뜻은 전혀 없었고, 살면서 지금까지 유령에게 모자를 강제로 '덮어 씌운' 기억도 없다고 공손하게 대답했다. 그런 다음 용기를 내서 왜 이곳에 찾아왔느냐고 물었다.

유령이 말했다.

"너의 행복을 위해서다!"

스크루지는 대단히 감사하다고 말했지만, '그럴 바에는 차라리 하룻밤 푹 쉬게 놔두지.'라는 생각이 드는 건 어쩔 수가 없었다. 유령은 스크루지의 생각을 읽었는지 즉시 이렇게 말했다.

"그렇다면 널 교화하기 위해서라고 해 두지. 조심해!"

유령은 이 말과 함께 억센 손을 내밀어 스크루지의 팔을 살며시 잡았다.

"일어나라! 함께 가자!"

산책이나 즐길 날씨와 시간이 아니라고 애원해 봤자 소용이 없을 터였다. 침대는 따뜻하지만 바깥 기온은 영하로 뚝 떨어졌다고, 잠옷과 슬리퍼 차림에다 취침용 모자만 대충 쓰고 있다고, 지금 감기에 걸린 상태라고 핑계를 늘어놓아도 헛수고일 것 같았다. 유령의 손아귀는 여자의 손처럼 부드러웠지만 뿌리칠 수 없는 강인함이 있었다. 스크루지는 자리에서 일어났다. 하지만 유령이 창가로 가는 것을 깨닫자 애원하듯이 유령의 옷자락에 매달렸다.

스크루지가 항의했다.

"전 인간입니다. 떨어지고 말 겁니다."

유령은 스크루지의 가슴에 손을 얹으며 말했다.

"내 손이 여기 닿기만 하면 이보다 더 높은 곳에서도 떨어지지 않을 것이다!"

그 말과 함께 둘은 벽을 통과해 어느새 양쪽으로 밭이 펼쳐진 탁 트인 시골길에 서 있었다. 도시는 감쪽같이 사라졌다. 흔적조차 없었다. 어둠과 안개도 자취를 감춰 버렸고, 벌판에 눈이 덮인 맑고 추운 겨울날이었다.

"이럴 수가!"

스크루지는 주변을 두리번거리며 두 손을 맞잡고 말했다.

"제가 자란 곳이에요. 유년 시절을 보냈지요."

유령은 온화한 눈빛으로 스크루지를 바라보았다. 유령의 손은 아주 잠깐 스쳤을 뿐이지만 그 애정 어린 촉감은 늙은 스크루지의 감각에 아직도 머물러 있었다. 스크루지는 공중에 셀 수 없이 많은 향기가 떠돌고 있음을 깨달았다. 까마득히 잊고 지낸 수많은 생각과 희망과 기쁨과 근심이 서린 각가지 향기가!

유령이 말했다.

"입술이 떨리는군. 뺨에 맺힌 건 뭐지?"

스크루지는 평소답지 않게 목이 멘 목소리로 "뾰루지."라고 웅얼거렸다. 그리고 유령에게 자신이 가고 싶은 곳으로 데려다 달라고 간청했다.

유령이 물었다.

"길은 기억나나?"

스크루지는 열렬히 외쳤다.

"기억하고말고요! 눈을 감고도 갈 수 있습니다."

"그토록 잘 아는 길을 오랫동안 잊고 지냈다니 이상하군. 그럼 가 보지."

둘은 길을 따라 걸었다. 문이며 기둥이며 나무며 하나하나 스크루지의 눈에 익지 않은 게 없었다. 그러다 저 멀리, 장이 서는 자그마한 마을이 보였다. 다리와 교회와 굽이쳐 흐르는 강도 눈에 들어왔다. 곧 털이 텁수룩한 조랑말 몇 마리가 등에 사내아이들을 태우고 이쪽으로 다가닥다가닥 달려오는 모습이 보였는데,

조랑말을 탄 아이들은 농부들이 모는 이륜마차와 수레에 탄 다른 사내아이들을 소리쳐 불렀다. 소년들은 모두 한껏 신이 나서 서로에게 소리쳤고, 드넓은 벌판은 어느새 즐거운 음악으로 가득 찼으며, 상쾌한 공기마저 그 소리에 웃음을 터뜨렸다.

유령이 말했다.

"이건 과거의 환영에 불과하다. 저들은 우리 존재를 느끼지 못해."

그 명랑한 여행자들이 다가왔다. 거리가 가까워지자 아이들 한 사람 한 사람의 얼굴과 이름이 스크루지의 머릿속에 떠올랐다. 스크루지는 왜 그 아이들을 보고 한없이 기뻐했을까? 아이들이 지나가자 왜 그의 냉혹한 눈이 빛나고 심장이 쿵쾅거렸을까? 그들이 갈림길과 샛길에서 헤어져 저마다의 집으로 향하며 서로에게 "메리 크리스마스!"라고 인사하는 소리를 듣자 스크루지의 가슴에는 왜 기쁨이 가득 차올랐을까? 스크루지에게 즐거운 크리스마스가 무엇이기에? 빌어먹을 메리 크리스마스! 크리스마스가 해 준 것이 뭐가 있다고!

유령이 말했다.

"학교가 텅 비진 않았군. 친구들에게 따돌림 당한 외로운 아이가 아직 남아 있어."

스크루지는 알고 있다고 말하며 흐느껴 울었다.

둘은 큰길을 벗어나 생생히 기억나는 골목길을 걸었고, 곧 칙칙한 붉은 벽돌집에 이르렀다. 수탉 모양의 풍향계가 세워진 둥

근 지붕 속에는 종이 매달려 있었다. 커다란 건물이었지만 이미 한물 가 버린 것 같았다. 널찍한 사무실들은 비어 있었고, 벽은 눅눅하고 이끼투성이였으며, 유리창은 깨지고 문은 썩어 가고 있었다. 마구간에서는 꼬꼬댁거리는 암탉들이 활개 쳤다. 마차 보관소와 헛간은 잡초가 무성했다. 건물 내부도 건재했던 옛 모습을 간직하고 있지는 않았다. 음산한 현관으로 들어가 문이 열린 방들을 들여다보니 가구도 거의 없이 춥고 휑뎅그렁했다. 공중에는 흙냄새가 진동했으며 을씨년스럽고 썰렁한 공간 때문에 차린 것도 별로 없이 촛불만 잔뜩 켜 둔 식탁이 떠올랐다.

유령과 스크루지는 복도를 가로질러 건물 뒤편에 있는 문으로 갔다. 문이 열리자 길쭉하고 음울하고 텅 빈 방이 보였다. 한 줄로 늘어선 수수한 소나무 의자와 책상 때문에 더더욱 황량하게 느껴졌다. 의자 하나에 외로운 소년이 앉아 불꽃이 꺼져 가는 난롯가에서 책을 읽고 있었다. 스크루지는 의자에 걸터앉아 눈물을 흘리며, 잊고 지냈던 자신의 가여운 옛 모습을 바라보았다.

건물 안에 숨어 있는 메아리, 벽 뒤에서 쥐들이 찍찍거리며 우당탕 지나가는 소리, 우중충한 뒷마당의 반쯤 녹은 홈통에서 물이 똑똑 떨어지는 소리, 풀 죽은 포플러나무의 앙상한 가지 사이를 누비며 바람이 한숨짓는 소리, 텅 빈 창고의 문이 할 일 없이 삐거덕거리는 소리, 그리고 난로에서 장작이 타닥대는 소리까지. 어느 것 하나 스크루지의 마음을 저미며 파고들지 않는 것이 없었다. 스크루지의 눈에서 눈물이 줄줄 흘러내렸다.

유령이 스크루지의 팔을 툭 건드리며 책 읽기에 빠진 어린 스크루지를 가리켰다. 그때 이국적인 옷을 입고 허리에 도끼를 찬 남자가 창 밖에 불쑥 나타났다. 놀랄 만큼 생생하고 또렷한 모습으로 장작을 잔뜩 실은 당나귀의 고삐를 잡고 있었다.

스크루지는 반가워서 어쩔 줄 모르며 외쳤다.

"맙소사, 알리바바잖아! 선량하고 정직한 알리바바! 아, 맞아요, 맞아. 어느 해 크리스마스 때 저 외로운 아이가 여기 혼자 쓸쓸히 남아 있을 때, 처음으로 저렇게 나타났어요. 가여운 녀석 같으니!"

스크루지는 말을 이었다.

"밸런타인하고 성격이 거친 동생 오손도 저기 가네! 그리고 속옷 차림으로 다마스쿠스 성문에 버려진 사람, 이름이 뭐더라? 그 사람이 보이지 않습니까? 지니가 거꾸로 처박은 술탄의 마부도 있어요. 머리가 처박힌 꼴 좀 봐요! 그래도 싸지! 고소해 죽겠네. 어찌 감히 공주님과 결혼할 생각을 한 건지!"

런던의 거래처 사람들이 스크루지가 웃는 것도 아니고 우는 것도 아닌 별난 목소리로 열심히 떠들어 대는 소리를 들었다면, 흥분으로 얼굴이 발갛게 달아오른 모습을 보았다면, 정말이지 깜짝 놀라 기절초풍했을 것이다.

스크루지가 외쳤다.

"앵무새다! 몸뚱이는 초록색이고 꼬리는 노란색, 게다가 머리

꼭대기에는 상추 같은 것이 비죽 돋아났죠. 저기 보세요! 로빈슨 크루소가 섬 주변을 항해하고 집에 돌아왔을 때 저 앵무새가 '불쌍한 로빈 크루소' 하고 외쳤거든요. '불쌍한 로빈 크루소, 어디에 있는 거야, 로빈 크루소?'라고요. 로빈슨 크루소는 꿈을 꾸는 줄로 생각했지만 아니었어요. 앵무새가 한 말이었지요. 저기 프라이데이가 죽을힘을 다해 작은 만으로 달려가고 있어요! 이봐! 어이! 어이!"

그러다 스크루지는 평소 성격과는 아주 딴판으로 갑자기 기분이 돌변해서는 어린 시절의 자신이 애처로워 "가여운 녀석!"이라고 말하고 다시 눈물을 쏟았다.

스크루지는 소맷자락으로 눈물을 훔친 뒤, 주머니에 손을 넣고 주변을 두리번거리며 중얼거렸다.

"왜 그랬을까…… 하지만 이젠 너무 늦었어."

유령이 물었다.

"무슨 얘기인가?"

"아무것도 아닙니다, 아무것도. 어젯밤에 제 사무실 앞에서 크리스마스 캐럴을 부르던 꼬마가 있었어요. 그 애에게 뭐라도 좀 줄 걸 그랬습니다. 그뿐입니다."

유령은 의미심장하게 웃음짓고는 손을 흔들며 말했다.

"다른 크리스마스를 보러 가지!"

그 말이 끝나자마자 어린 스크루지의 몸은 커졌고, 방은 더 어둡고 지저분해졌다. 벽에 붙인 판자는 쭈그러들었고 창문은 깨져 있었다. 회칠한 천장에서 석회 조각이 떨어져 나가서 윗가지(*흙벽이나 회벽을 만들 때 벽 속에 엮는 나뭇가지.)가 훤히 드러났다. 그러나 어떻게 이 모든 일이 일어났는지, 여러분과 마찬가지로 스크루지도 통 알 수가 없었다. 그저 꽤 정확하다는 것, 모든 게 그 시절과 똑같다는 것만 알 따름이었다. 다른 소년들은 모두 즐거운 명절을 보내러 집에 갔고, 또다시 혼자 남았다는 사실도.

이제 과거의 스크루지는 책을 읽지 않고 암울한 기색으로 방을 서성이고 있었다. 스크루지는 유령을 보고 슬프게 고개를 젓고는 간절한 눈으로 문을 바라보았다.

문이 열렸다. 그리고 소년보다 훨씬 어린 작은 소녀가 뛰어들어와 두 팔로 소년의 목을 와락 끌어안고 거듭 입을 맞추며

"오빠, 사랑하는 오빠."

하고 불렀다.

소녀는 조그만 손으로 손뼉을 치고 허리를 굽히며 웃음을 터뜨렸다.

"오빠를 집에 데려가려고 왔어, 사랑하는 오빠! 집 말이야, 집. 우리 집!"

소년이 대답했다.

"집이라고, 귀여운 팬?"

소녀는 기뻐서 어쩔 줄 몰라 하며 말했다.

"그래! 아주 가는 거야. 집으로 아주 가는 거라고! 아빠가 예

전보다 훨씬 자상해지셔서 집이 꼭 천국 같다니깐! 며칠 전 저녁에는 내가 자려고 하는데 아빠가 얼마나 다정하게 인사하는지, 난 겁도 없이 오빠를 집에 데려와도 되는지 또 한 번 물어봤지 뭐야. 그런데 아빠가 좋다고, 그러라고 하셨어. 오빠를 데려오라고 나를 마차에 태워 보내셨어. 근데 오빠 정말 어른이 다 됐는걸!"

소녀는 눈을 크게 뜨며 말했다.

"다시는 여기 돌아오지 않아도 돼. 하지만 우선은 크리스마스 내내 함께 지내면서 세상에서 가장 즐거운 시간을 보내는 거야!"

소년이 외쳤다.

"너도 어엿한 숙녀가 됐구나, 귀여운 팬!"

소녀는 손뼉을 치며 웃음을 터뜨렸고, 소년의 머리를 만져 보려 했지만 키가 너무 작았다. 소녀는 다시 깔깔 웃고는 까치발을 하고 소년을 껴안았다. 그런 다음 어리광을 부리듯 소년을 문 쪽으로 끌어당기기 시작했다. 소년도 기꺼이 소녀를 따라갔다.

그때 복도에 무시무시한 목소리가 울려 퍼졌다.

"스크루지 군의 짐을 거기 내려놓으시오!"

교장이 복도에 나타났다. 사나운 태도로 거들먹거리며 '스크루지 군'을 노려보고는 스크루지의 손을 덥석 잡으며 악수했다. 소년 스크루지는 겁에 잔뜩 질렸다. 교장은 스크루지와 여동생을 아주 오래된 우물처럼 으슥하기 짝이 없는 응접실로 데려갔

는데, 응접실 벽에 걸린 지도와 창가에 놓인 천구의와 지구의마
저 추위에 질린 듯 창백해 보였다. 교장은 그곳에서 이상할 정도
로 밍밍한 와인 한 병과 이상할 정도로 기름진 케이크 한 조각을
꺼내 그 진미를 아이들에게 손수 덜어 주었다. 동시에 빼빼 마른
하인을 시켜 마부에게 이 '별미'를 한 잔 맛보라고 했으나, 마부
는 호의는 감사하지만 그게 전에 마신 것과 똑같은 술이라며 마
시지 않는 편이 좋겠다고 대답했다. 그러는 동안 스크루지 군의
트렁크는 마차 위에 꽁꽁 묶였고, 아이들은 교장에게 작별인사
를 한 뒤 마차에 올라 정원 사잇길을 신 나게 달려갔다. 마차 바
퀴가 씽씽 굴러가자, 상록수의 검푸른 이파리에서 하얀 서리와
눈이 떨어지며 쏴 하고 물보라가 일었다.

유령이 말했다.

"입김만으로도 날아가 버릴 것 같은 아주 가냘픈 아이였지.
하지만 마음은 한없이 넓었지!"

스크루지가 외쳤다.

"정말 그랬습니다. 그 말이 맞아요. 부인하지 않겠습니다. 그
랬다간 큰일 나지요!"

유령이 말했다.

"저 앤 결혼한 뒤 죽었어. 아마 자녀가 있었지."

"하나 있습니다."

"그래, 너의 조카지!"

"그렇습니다."

스크루지는 마음이 불편한지 간단히 대답했다.

학교에서 나온 지 얼마 되지도 않았는데 스크루지와 유령은 어느새 사람들로 북적이는 거리에 서 있었다. 행인들의 환영이 길을 오가고 마차와 수레의 환영이 앞다투어 내달리며 실제 도시에서 일어나는 다툼과 소동을 고스란히 보여 주었다. 상점 장식으로 보아 이번에도 역시 크리스마스 무렵인 것을 충분히 알 수 있었다. 하지만 때는 저녁이었고 거리는 불을 밝히고 있었다.

유령은 어느 도매상 문 앞에 멈추더니 스크루지에게 아는 곳이냐고 물었다.

스크루지가 말했다.

"알다마다요! 이곳에서 일을 배웠는걸요!"

둘은 안으로 들어갔다. 웨일스(*영국 서남부에 있는 반도.)식 가발을 쓴 노신사가 높다란 책상에 앉아 있었는데, 키가 5센티미터만 더 컸어도 천장에 머리를 박았을 것만 같았다. 그 모습을 본 스크루지는 신이 나서 외쳤다.

"아니, 페지위그 영감님이에요! 이럴 수가! 페지위그 영감님이 되살아나시다니!"

페지위그 영감은 펜을 내려놓고 시계를 보았다. 시계는 7시를 가리키고 있었다. 페지위그 영감은 손바닥을 비비고 헐렁한 조끼를 매만졌다. 그러고는 머리부터 발끝을 거쳐 선량한 심장과 창자에 이르기까지, 그야말로 온몸으로 웃어 젖혔다. 편안하고, 친근하고, 우렁차고, 명랑한 목소리로 외쳤다.

"어이, 이봐! 에브니저! 딕!"

청년이 된 과거의 스크루지가 다른 수습 직원과 함께 기세 좋게 달려왔다.

스크루지가 유령에게 말했다.

"딕 윌킨스가 틀림없어요! 맙소사, 맞아요. 정말이네요. 나를 무척 좋아했는데. 가여운 딕! 가여운 친구!"

페지위그 영감이 말했다.

"어이, 이보게들! 오늘 밤은 그만하세. 크리스마스잖나, 딕. 크리스마스라고, 에브니저! 덧문을 닫게."

페지위그 영감은 손뼉을 짝 치며 외쳤다.

"어서! 번갯불에 콩 볶아 먹듯이!"

두 동료가 얼마나 민첩하게 움직였는지, 직접 보았더라도 믿지 못했을 것이다. 하나, 둘, 셋에 둘은 덧문을 들고 뛰어나갔다. 넷, 다섯, 여섯에 덧문을 제자리에 끼웠다. 일곱, 여덟, 아홉에 빗장을 지르고 잠근 다음 열둘을 세기도 전에 경주마처럼 헐떡이며 되돌아왔다.

페지위그 영감은 높다란 책상 의자에서 놀랄 만큼 날렵하게 뛰어내리며 외쳤다.

"여보게들, 여길 싹 치우고 널찍한 공간을 만들어 주게! 어서, 딕! 자, 에브니저!"

싹 치우랍신다! 페지위그 영감이 지켜보는 한, 두 사람이 치

빙글빙글 돌았다. 맨 앞에서 군무를 이끌던 쌍이 매번 잘못된 지점에서 돈 탓에, 새로운 남녀 한 쌍이 그 자리에 이르자마자 춤을 다시 시작했다. 마침내 모두 춤을 이끌려고만 하고 뒤따르는 쌍이 없어지고 말았다! 이런 꼴이 되자 페지위그 영감은 손뼉을 쳐 춤을 멈추며 "아주 멋졌습니다!"라고 외쳤고, 얼굴이 뜨겁게 달아오른 악사는 이때를 위해 특별히 준비해 둔 흑맥주 통에 머리를 힘껏 처박았다. 그러나 악사는 얼굴을 들고, 겨우 이 정도에 지칠 것 같으냐,고 말하는 듯 춤추는 사람이 없는데도 곧바로 연주를 시작했다. 마치 좀 전까지 연주하던 사람은 기진맥진 쓰러져서 문짝에 실려 집으로 돌아가고, 다른 악사가 나서서 죽기 아니면 까무러치기로 연주하는 것만 같았다.

사람들은 또다시 춤을 추고, 벌금놀이를 하고, 다시 춤을 추었다. 케이크가 나오고 니거스 주(*포도주에 더운물, 설탕, 레몬 등을 섞어 만든 음료.)가 나오더니, 차가운 구이 요리가 잔뜩, 차게 식힌 찜 요리도 잔뜩, 민스파이에다 맥주도 넘쳐났다. 하지만 그날 저녁의 하이라이트는 구이와 찜을 먹고 난 후, 악사(이 약삭빠른 인간을 주목하시길! 그는 여러분이나 내가 말해 주지 않아도 제 할 일을 알아서 착착 해내는 사람이었다!)가 '로저 드 코벌리 경'(*여럿이서 두 줄로 서서 추는 경쾌한 영국 컨트리 댄스곡.)을 연주했을 때였다. 페지위그 영감이 페지위그 부인과 춤을 추려고 튀어 나왔다. 게다가 맨 앞에서 군무를 이끌게 되었다. 여간 힘든 일이 아니었다. 스물서너 쌍이나 되는 사람들, 그것도 춤을 대충 출 생각은 눈곱만큼도 없고, 걷는 게 뭔지 모르겠다는 듯 춤에 몰입하기로 작정한 사람들을 이끌어야 했으니!

그러나 사람들이 두 배, 아니 네 배 더 많았더라도 페지위그 영감은 얼마든지 상대했을 것이고, 페지위그 부인도 마찬가지였을 것이다. 페지위그 부인으로 말하자면 어느 모로 보나 페지위그 영감의 짝이 되기에 부족함이 없었다. 이게 극찬이 아니라면 더 나은 표현을 알려 달라. 기꺼이 활용하겠다. 페지위그 영감의 두 장딴지는 그야말로 빛을 내뿜는 것 같았고, 어떤 동작을 하든지 달처럼 하얗게 빛났다. 어느 때건 다음 순간 어떤 동작을 할지 도무지 예측할 수가 없었다. 페지위그 영감과 페지위그 부인은 앞으로 갔다가 뒤로 물러났다가, 두 손을 맞잡았다가, 허리와 무릎을 굽혀 인사하고, 나선형으로 빙글빙글 돌고, 다른 커플들이 두 사람의 팔 밑으로 빠져나가도록 맞잡은 두 손을 높이 들었다가, 제자리로 되돌아오며 신 나게 춤을 추었다. 끝까지 추고 나자 페지위그 영감은 동작을 착 멈췄다. 어찌나 자연스럽던지, 다리로 윙크를 한 것만 같았고, 다시 두 발로 서면서도 조금도 흔들리지 않았다.

시계가 11시를 알리자 이 가정 무도회는 끝이 났다. 페지위그 부부는 문 양쪽에 각각 자리를 잡고서, 나가는 사람들과 일일이 악수를 하며 즐거운 크리스마스가 되기를 기원했다. 모두 돌아가고 두 수습 직원만 남았을 때도 페지위그 부부는 똑같이 인사를 했다. 명랑한 목소리들이 모두 사라지고 두 젊은이만 남자,

둘은 가게 뒤쪽 계산대 아래에 꾸민 잠자리에 누웠다.

이런 일이 벌어지는 동안 스크루지는 넋 나간 사람처럼 굴었다. 스크루지의 마음과 영혼은 눈앞에 보이는 장면 속에 있었고 어느덧 예전의 자신이 되어 있었다. 당시의 일을 모두 기억하고 확인했으며, 순간순간 즐거워하며 기묘한 흥분에 휩싸였다.

그러다 젊은 자신과 딕의 밝은 얼굴이 사라지자 그제야 정신을 차리고, 유령이 곁에 있다는 사실과 유령이 머리에서 눈부신 빛을 뿜어내며 자신을 유심히 바라보고 있다는 사실을 깨달았다.

유령이 말했다.

"사소한 것으로 순진한 사람들을 감동시켰군."

스크루지가 말했다.

"사소하다니요!"

유령은 페지위그 영감을 앞다투어 칭찬하는 두 수습 직원의 이야기를 들어 보라고 손짓했다. 스크루지가 두 사람의 이야기를 듣고 나자, 유령이 말했다.

"자, 그렇지 않은가! 그는 인간 세상의 돈을 고작 몇 파운드 썼을 뿐이야. 서너 파운드 되려나? 저런 칭찬을 받기엔 좀 과분하지 않은가?"

"그렇지 않습니다."

스크루지는 유령의 말에 발끈하며 자신도 모르게 현재가 아닌 과거의 자신이 되어 말했다.

"그렇지 않습니다, 유령님. 그분은 얼마든지 우리를 행복하게 할 수도 있고 불행하게 할 수도 있어요. 우리의 일을 가볍게도, 무겁게도 할 수 있습니다. 일이 기쁨이 될지 고생이 될지 그분에게 달렸단 말씀입니다. 그분의 힘은 말과 눈빛에 있다고들 합니다. 무척 미미하고 보잘것없어서 더하거나 셀 수 없는 것들에 말입니다. 그럼 어떻습니까? 그분이 주는 행복은 제아무리 많은 돈이 있어도 살 수 없는 위대한 것이니까요."

스크루지는 유령의 시선을 느끼고 말을 멈추었다.

유령이 물었다.

"왜 그러느냐?"

스크루지가 말했다.

"별일 아닙니다."

유령은 물러서지 않았다.

"별일이 있는 것 같은데?"

"아닙니다, 아니에요. 내 직원에게 지금 당장 한두 마디라도 따뜻하게 건네고 싶다는 생각이 들었습니다. 그뿐입니다."

스크루지가 이런 소망을 이야기했을 때 젊은 스크루지가 등잔불을 껐다. 스크루지와 유령은 또다시 공중에 나란히 서 있었다.

유령이 말했다.

"내 시간이 줄어들고 있다. 서둘러야 해!"

스크루지나 스크루지가 볼 수 있는 누군가에게 한 말은 아니었지만 즉각 효력이 발생했다. 또다시 스크루지의 눈에 자신의 모습이 보였기 때문이었다. 이제는 나이를 더 먹어 인생의 절정기에 이른 모습이었다. 얼굴에는 훗날 자리 잡은 냉혹하고 완고한 주름은 없었다. 그러나 근심과 탐욕의 징조가 나타나고 있었다. 갈망과 욕심이 깃들어 불안하게 움직이는 눈동자에서는 이미 뿌리내린 야심이 엿보였으며, 그 야심의 나무가 자라면서 그 눈에 그늘을 드리우리란 것도 짐작할 수 있었다.

그는 혼자가 아니었다. 상복을 입은 젊고 아리따운 아가씨가 나란히 앉아 있었다. 아가씨의 눈에 어린 눈물이 과거의 크리스마스 유령이 발산하는 빛에 반짝거렸다.

아가씨가 가만가만 말했다.

"별 의미가 없죠. 당신에게는 아무 의미가 없을 거예요. 다른 우상이 내가 있던 자리를 차지했으니까요. 내가 그러려고 애써 왔듯이 그 우상이 당신에게 힘과 위로를 줄 수 있다면 난 슬퍼할 이유가 없겠죠."

과거의 스크루지가 말했다.

"어떤 우상이 당신의 자리를 차지했단 말이오?"

"황금으로 만든 우상이죠."

"이것이 세상의 공평함인가! 가난처럼 힘든 것도 없는데, 부를 추구한다고 가혹하게 비난을 받아야 하다니!"

아가씨가 부드럽게 대답했다.

"당신은 세상을 지나치게 두려워해요. 세상의 속된 비난이 두려워서 그걸 피하려고 다른 소망은 모두 놓아 버리고 말았어요. 내가 지켜보는 동안 당신의 고결한 포부는 하나씩 사라지고 이제 당신의 머릿속은 돈을 벌어야겠다는 생각으로 가득하죠. 내 말이 틀렸나요?"

스크루지가 응수했다.

"그게 어떻다는 거요? 내가 세상 물정에 밝아졌다고 한들, 그게 어떻다는 거요? 당신을 향한 마음은 변하지 않았는데."

아가씨는 고개를 저었다.

"변했다는 거요?"

"우리의 약혼은 지나간 일이 되어 버렸어요. 우리 둘 다 가난했지만, 성실하게 일하면 언젠가는 잘살 수 있을 거라고, 좋은 시절이 올 거라고 생각하고 행복해하던 때의 일이죠. 당신은 변했어요. 약혼을 했을 땐 지금과는 다른 사람이었어요."

스크루지가 초조하게 말했다.

"그때 난 뭘 몰랐소."

아가씨가 대답했다.

"그때의 당신은 이런 모습이 아니었단 걸 스스로도 느끼겠죠. 난 예전 그대로예요. 우리가 한마음일 때는 행복을 꿈꿀 수 있었지만 이제 둘이 된 이상 남은 건 고통뿐이에요. 내가 얼마나 많은 시간을 고민하며 가슴 아파했는지는 말하지 않을게요. 그동안 수없이 고민했고 이제 당신을 놓아 줄 수 있게 되었으니, 이걸로 됐어요."

"내가 놓아 달라고 한 적이 있었던가?"

"말로 한 적은 없죠. 한 번도."

"그럼 왜 그런 생각을 한 거요?"

"달라진 성격, 변해 버린 영혼, 낯설어진 태도, 무엇보다 그 대단한 포부에 따라 변질된 꿈이 말해 주죠. 당신의 눈에 내 사랑을 귀하고 가치 있는 것으로 보이게 해 주었던 모든 것들이 말해 줘요."

아가씨는 부드럽지만 단호한 눈으로 스크루지를 바라보며 말했다.

"혹시 우리가 이런 사이가 아니었더라도…… 말해 보세요, 그랬더라도 지금 나에게 구혼하며 내 마음을 얻으려고 했을까요? 아니, 그렇지 않을걸요!"

스크루지의 얼굴에는 그 말을 인정하는 듯한 표정이 자신도 모르게 떠올랐다. 그러나 스크루지는 애써 반박했다.

"말도 안 되는 생각이오."

아가씨가 대답했다.

"할 수 있다면 저도 정말이지 다르게 생각하고 싶어요. 하늘에 맹세해요! 하지만 이런 진실을 깨닫자 그게 거역할 수 없을 정도로 강한 것임을 알게 되었어요. 하지만 당신이 오늘이든 내일이든, 아니 과거에라도 자유의 몸일 경우에 지참금 한 푼 없는 여자를 선택하리라고 제가 믿을 수 있을까요? 터놓고 말해서, 손익 여부에 따라 모든 걸 판단하는 당신이에요. 그리고 혹시 한

순간 당신의 원리 원칙을 어기고 그런 여자를 선택하더라도, 틀림없이 금세 후회하고 아쉬워하리란 걸 제가 모를 것 같나요? 잘 알아요. 그래서 당신을 놓아 주는 거예요. 진심으로요. 예전의 당신을 사랑했던 그 마음으로."

스크루지는 대답을 하려고 했다. 그러나 아가씨는 스크루지를 외면하며 말을 이었다.

"아마 당신도 이것 때문에 좀 괴롭겠죠. 지난날의 추억을 떠올리면, 당신이 그래 주면 좋겠다는 생각이 들기도 해요. 당신은 아주, 아주 잠시 동안 괴롭겠지만 곧 저와의 추억을 기꺼이 떨쳐 버릴 거예요. 쓸모없는 꿈이었으니 깨어나서 차라리 잘됐다고 생각하면서. 당신이 선택한 삶에서 행복하길 바랄게요!"

아가씨는 스크루지 곁에서 떠났고, 둘은 헤어졌다.

스크루지가 말했다.

"유령님! 더는 보여 주지 마세요! 집으로 데려다 주세요. 왜 이렇게 저를 괴롭히십니까?"

유령이 소리쳤다.

"환영을 하나 더 보아야 한다!"

스크루지가 외쳤다.

"더는 싫습니다! 싫어요! 보고 싶지 않습니다. 더는 보고 싶지 않아요!"

그러나 무자비한 유령은 두 팔로 스크루지를 꽉 붙들고 그 다음에 일어나는 일을 억지로 보게 했다.

유령과 스크루지는 다른 장소, 다른 장면에 와 있었다. 널찍하거나 화려하지는 않았지만 몹시 아늑한 방이었다. 벽난로 근처에는 어여쁜 아가씨가 앉아 있었는데 조금 전 장면에서 본 여인과 무척 닮아서 스크루지는 똑같은 사람이라고 생각했지만, 곧 앞서 본 그 여인이 매력적인 부인이 되어 딸의 맞은편에 앉은 모습이 보였다. 방 안은 소란스럽기 짝이 없었다. 마음이 복잡한 스크루지가 다 셀 수 없을 만큼 아이들이 많이 있었기 때문이었다. 또한 시에 등장하는 유명한 소떼(*영국 낭만주의 시인인 월리엄 워즈워스의 〈삼 월에 쓴 시〉에 등장하는 소들을 가리킨다. '소들은 풀을 뜯고 있구나/ 고개 한 번 들지 않고/ 마흔 마리가 한 마리처럼 풀을 뜯는구나!')와는 달리 이 아이들은 한 명처럼 행동하는 마흔 명이 아니라 각 사람이 마흔 명이 된 것처럼 돌아다녔다. 그 결과 믿기 어려울 정도로 시끄러웠지만 아무도 신경 쓰지 않는 듯했다. 오히려 엄마와 딸은 웃음을 마구 터뜨리며 아이들의 장난을 신 나게 즐겼다. 잠시 후 딸은 장난에 끼어들었다가 인정사정 봐주지 않는 어린 약탈자들에게 사로잡히고 말았다. 저기 낄 수만 있다면 무엇을 줘도 아깝지 않을 텐데! 물론 나는 저토록 버릇없이 굴지는 못하리라. 그럼, 그럼! 세상 모든 재물을 준대도 땋아 내린 저 머리채를 쥐고 힘껏 잡아당길 수는 없었으리라. 그리고 저 귀엽고 자그마한 신발, 나라면 저렇게 낚아채지 못했으리라. 신이여 저를 불쌍히 여겨 주소서! 대담한 저 악동들처럼 그녀의 허리에 매달려 장난칠 엄두는 꿈에도 내지 못했으리

라. 그랬다가는 팔이 휘어져 다시는 곧게 펴지지 않는 벌을 받아 마땅할 테니. 그러나 정말이지 소녀의 입술을 만져 볼 수 있다면 얼마나 좋을까! 소녀가 입술을 벌리도록 소녀에게 괜스레 질문을 던질 수 있다면! 얼굴을 붉히지 않고, 저 내리깐 눈의 속눈썹을 마냥 바라볼 수 있다면! 단 1센티미터라 해도 값을 매길 수 없는 기념품이 될 저 물결치는 머리카락을 풀어헤칠 수 있다면! 한마디로, 솔직히 고백하건대 나는 아이가 가진 한없는 특권을 누리되 그 가치를 아는 성숙한 남자이고 싶었다.

자, 이제 문을 두드리는 소리가 들렸다. 아이들이 우르르 달려가는 바람에 아가씨는 떠들썩하게 들뜬 아이들에게 둘러싸여, 여전히 웃는 얼굴로 옷자락에 아이들을 매단 채 문 쪽으로 휩쓸려 갔다. 그리고 막 들어온 아버지와 마주쳤다. 아이들의 아버지는 크리스마스 장난감과 선물을 진 짐꾼을 데리고 돌아온 참이었다. 곧 꺅꺅 우당탕 소리와 함께 아이들은 무방비 상태의 짐꾼에게 대공격을 개시했다. 의자를 사다리 삼아 짐꾼의 몸에 올라타고, 그의 주머니에 손을 쑥쑥 집어넣고, 갈색 종이로 싼 꾸러미를 빼앗고, 짐꾼의 넥타이를 힘껏 움켜쥐고, 그의 목을 껴안으며 등을 마구 때리고, 신 나서 어쩔 줄 모르며 짐꾼의 다리에 발길질까지 했다! 꾸러미를 하나씩 풀 때마다 놀라움과 기쁨의 탄성이 터져 나왔다! 그런데 끔찍한 보고가 들어왔다! 아기가 소꿉놀이용 프라이팬을 입에 집어넣으려는 걸 아슬아슬하게 막았다는 것이었다! 그런데 뒤이어 그게 문제가 아니라 아기가 나무 접시에 붙어 있던 가짜 칠면조를 삼킨 것 같다는 얘기가 나왔다! 그리고 곧 그릇된 경보였음이 밝혀지자 모두가 쏟아낸 안도의 한숨! 그 반가움과 감사와 환희! 그런 것을 어찌 말로 다 표현할 수 있을까! 이렇게 말하면 충분할 것이다. 아이들도, 아이들의 흥분도 차츰 거실을 빠져나와 계단을 하나씩 하나씩 올라 위층에 이르렀다. 그곳에서 그들은 잠자리에 들었고 그렇게 잠잠해졌다.

그리고 그 집의 주인이 다정하게 몸을 기댄 딸을 데리고 아내와 함께 난롯가에 앉자, 스크루지는 그 어느 때보다도 유심히 지켜보았다. 그러다 이토록 기품 있고 앞날이 창창한 아가씨가 자신을 아버지라고 부를 수도 있었고, 광포한 겨울 같은 자신의 인생에서 봄날이 되어 줄 수도 있었으리란 생각이 들자, 그만 눈앞이 뿌옇게 흐려지고 말았다.

남편이 웃음 띤 얼굴로 아내를 보며 말했다.

"벨, 오늘 오후 당신의 옛 친구를 보았소."

"누군데요?"

"맞춰 보오!"

"어떻게요? 쳇, 모르겠어요."

여자는 숨도 쉬지 않고 말을 덧붙이며 남편을 따라 웃었다.

"스크루지 씨로군요."

"맞아, 스크루지였어. 사무실 창가를 지나가는 길이었지. 창문이 열려 있고 안에 촛불을 하나 켜 둬서 볼 수 있었지. 동업자가 병상에 누워서 오늘내일 한다더니 혼자 앉아 있더라고. 정말 이젠 세상에 혼자 남은 것 같더군."

스크루지는 갈라진 목소리로 말했다.

"유령님! 저를 다른 곳으로 데려가 주십시오."

유령이 말했다.

"이건 과거의 환영이라고 했잖느냐. 일어났던 일을 그대로 보여 주는 것뿐이니 날 원망하지 마라!"

스크루지가 외쳤다.

"벗어나게 해 줘요! 견딜 수가 없어요!"

유령을 홱 쳐다보니 유령은 스크루지를 응시하고 있었다. 유령의 얼굴에는 유령이 그동안 보여 준 모든 이들의 얼굴이 조각조각 이상야릇하게 엉켜 있었다. 스크루지는 유령에게 달려들었다.

"날 내버려 둬! 돌려 보내 줘! 제발 물러가란 말이야!"

유령은 저항하려는 기미도 없이 스크루지가 무슨 짓을 하든지 눈 하나 깜짝하지 않았으므로 과연 이것을 몸싸움이라고 부를 수 있을지 모르겠지만, 어쨌거나 스크루지는 유령과 몸싸움을 벌였다. 그러다 스크루지는 유령의 빛이 머리 위로 치솟으며 눈부시게 타오르는 모습을 보았다. 유령이 미치는 힘이 그 빛과 관련 있는 게 아닐까, 하는 생각이 어렴풋하게나마 머리를 스쳤다. 스크루지는 유령의 고깔모자를 낚아채 그것을 유령의 머리에 푹 눌러 씌웠다.

유령은 모자 밑에서 움츠러들더니 모자에 쑤욱 뒤덮여 버렸다. 하지만 스크루지가 죽기 살기로 모자를 내리 눌렀는데도 모자 밑에서는 빛이 거침없이 쏟아져 나와 바닥에 퍼졌다.

스크루지는 기진맥진한 데다 헤어 나올 수 없는 졸음에 빠져들고 있음을 깨달았다. 그뿐 아니라 어느새 자신의 침실에 와 있었다. 스크루지는 마지막으로 모자를 힘껏 누르고 손에서 힘을 풀었다. 그리고 간신히 침대로 비틀비틀 다가가 곯아떨어지고 말았다.

제3장
두 번째 유령

큰소리치는 이른바 화통한 신사들은 남다른 모험 정신을 과시하려고 동전 따먹기 놀이에서부터 살인에 이르기까지 뭐든 잘할 수 있다고 떠벌린다. 물론 이 두 극단 사이에는 어지간한 각종 모험이 포함되어 있다. 나는 스크루지도 그런 위인이었다고 뻔뻔스레 말하지는 않겠다. 다만 스크루지가 제아무리 기괴하게 생긴 유령이라도 만날 각오가 되어 있었고, 갓난아기에서부터 코뿔소에 이르기까지 무엇이 나타나더라도 별로 놀라지 않았으리란 걸 믿어 주길 부탁하는 바이다.

이렇게 스크루지는 무엇이든 맞이할 각오가 되어 있었지만 아무 일도 일어나지 않는 상황에는 무방비 상태였다. 그런 까닭에 스크루지는 교회 종이 1시를 알렸는데 어떤 존재도 나타나지 않자 와들와들 떨기 시작했다. 5분이 지나고 10분이 지나고 15분이 지났지만 아무것도 나타나지 않았다. 그동안 스크루지는 내내 침대에 누워 있었는데, 침대는 눈부시고 불그스름한 불빛에 에워싸여 있었다. 종이 1시를 알린 순간부터 침대 위를 비추기 시작한 불빛이었다. 단순히 빛일 뿐이었지만 그게 뭘 뜻하는지, 뭘 겨냥하는지 도무지 알 수가 없으니 스크루지에게는 유령이 무더기로 나타나더라도 이보다 더 무섭진 않을 터였다. 게다가 당장이라도 불이 화르르 타올라 미처 깨달을 사이도 없이 잿더미가 되는 변고를 당하는 건 아닌지 걱정스럽기도 했다. 그러나 마침내 스크루지는 생각하기 시작했다. 여러분이나 나라면 무엇보다도 먼저 그렇게 했겠지만, 사실 사람은 직접 곤경에 빠지지 않았을 때만 그 상황에서 뭘 어떻게 해야 하는지 판단할 수 있고 자신이라면 꼭 그렇게 했을 것처럼 이러쿵저러쿵하기 마련이다. 아무튼 스크루지는 이 오싹한 불빛의 출처와 비밀이 문으로 연결된 옆방에 있을지도 모른다고 생각하기 시작했고, 좀 더 살펴보니 정말 그곳에서 빛이 새어나오는 것 같았다. 그 생각에 사로잡힌 스크루지는 살며시 일어나 슬리퍼를 질질 끌며 문으로 다가갔다.

스크루지가 자물쇠에 손을 대자마자, 이상한 목소리가 스크루지의 이름을 부르며 들어오라고 명령했다. 스크루지는 그 말에 따랐다.

그곳은 스크루지의 방이었다. 그 점은 의심할 여지가 없었다. 그러나 놀랄 만큼 변해 있었다. 살아 있는 식물들이 벽과 천장을 뒤덮고 있어서 꼭 작은 숲에 들어온 것만 같았다. 눈부시게 빛나는 열매가 여기저기 반짝거렸다. 호랑가시나무와 겨우살이나무, 담쟁이덩굴의 바삭한 이파리들이 불빛에 반사되어 마치 작은 거울이 곳곳에 수없이 흩어져 있는 느낌이 들었다. 또 난로에서는 불길이 활활 타오르고 있었는데, 그 난로는 스크루지의 평생 동안에도, 말리가 살아 있을 때도, 지나간 수많은 겨울철에도 돌처럼 우두커니 자리만 차지했을 뿐, 이렇게 불꽃을 날름거리는 광경은 처음이었다. 바닥에는 칠면조 요리와 거위 요리, 사냥한 새고기, 닭고기, 소금에 절인 돼지고기, 뼈가 달린 큰 고깃덩이, 통돼지 구이, 화환처럼 엮인 줄줄이 소시지, 민스파이, 자두 푸딩, 통에 담긴 굴, 군밤, 새빨간 사과, 즙이 풍부한 오렌지, 달콤한 배, 어마어마하게 큰 주현절(*크리스마스로부터 열두 번째 날인 1월 6일을 동방박사들이 아기 예수를 찾아 경배한 때로 추정하고 기념하는 날.) 케이크가 왕좌처럼 높다랗게 쌓여 있었다. 그 왕좌에는 사발에 담겨 보글보글 끓어오르는 펀치도 있었는데, 펀치 그릇에서는 향기도 달콤한 김이 모락모락 피어올라 방 안을 채우고 있었다. 이 왕좌 위에는 무척 쾌활해 보이는 거인이 느긋한 자세로 앉아 있었고 눈부시게 화려한 모습이었다. 풍요의 뿔(*그리스 신화에 나오는 뿔로, 원하는 것은 뭐든 꺼낼 수 있는 일종의 보물창고.) 과 모양이 비슷한, 활활 타오르는 횃불을 들고 있었다. 스크루지가 문틈으로 슬며시 들여다보자, 거인은 횃불을 높이 쳐들며 스크루지를 비추었다.

거인의 모습을 한 유령이 외쳤다.

"들어오너라! 들어와야 좀 친해지지."

스크루지는 쭈뼛거리며 들어가 유령 앞에 고개를 숙였다. 예전의 고집 센 스크루지가 아니었다. 유령의 눈동자는 맑고 다정했지만, 스크루지는 눈을 마주치고 싶지 않았다.

유령이 말했다.

"나는 '현재의 크리스마스' 유령이다. 나를 자세히 보아라!"

스크루지는 고분고분 그 말에 따랐다. 유령은 외투 같기도 한 간결한 녹색 망토를 입었는데 가장자리는 흰 털로 장식되어 있었다. 옷을 무척 느슨하게 걸쳐 입은 탓에, 일부러 감추거나 가리기 싫다는 듯 널찍한 가슴이 시원스레 드러났다. 풍성하게 잡힌 옷 주름 밑으로 드러난 발도 맨발이었다. 머리에는 여기저기 반짝이는 고드름이 달린 호랑가시나무 화관만 하나 쓰고 있었다. 길게 늘어진 짙은 갈색 고수머리는 유령의 온화한 얼굴과 반짝거리는 눈, 활짝 편 손, 유쾌한 목소리, 거리낌 없는 태도, 쾌활한 분위기만큼이나 자유분방해 보였다. 허리춤에는 고풍스러운 칼집을 둘렀는데 칼집 속에는 칼이 없었고 오래된 덮개는 녹슬어 있었다.

유령이 외쳤다.

"나 같은 유령은 처음 보았겠지!"

스크루지가 대답했다.

"처음입니다."

"우리 가족 중에서 젊은 유령들을 만나 본 적이 없나? 그러니까 난 몹시 어린 유령이니, 지난 몇 년 사이에 태어난 내 형님들 말이야."

유령의 질문에 스크루지가 대답했다.

"그런 것 같습니다. 아쉽지만 만나 뵌 적이 없습니다. 형제가 많으십니까, 유령님?"

"천팔백 명도 넘지."

스크루지가 중얼거렸다.

"먹여 살리려면 뼈 빠지게 일해야 되겠군!"

현재의 크리스마스 유령이 일어섰다.

스크루지가 순순히 말했다.

"유령님, 어디든 원하시는 데로 데려가 주십시오. 어젯밤엔 어쩔 수 없이 끌려다녔지만 깨달은 것이 있었고, 그 효과가 지금 나타나고 있습니다. 오늘 밤 저에게 뭐라도 가르쳐 주실 거라면, 제대로 배우게 해 주십시오."

"내 옷을 잡아라!"

스크루지는 그 말에 따르며 유령의 옷자락을 단단히 붙잡았다.

호랑가시나무와 겨우살이나무, 빨간 열매들, 담쟁이덩굴, 칠면조 요리, 거위 요리, 돼지고기, 소시지, 굴, 파이, 푸딩, 과일, 펀치 등 모든 것이 싹 사라졌다. 방과 난로와 불그스름한 불빛, 그리고 어두운 밤조차 사라졌고 둘은 크리스마스 아침을 맞이한 런던 거리에 서 있었다. 날씨는 눈물 나도록 추웠다. 사람들이 집 앞 보도와 지붕에 얼어붙은 눈을 긁어냈고, 그 바람에 거칠기는 하지만 활기차고 기분 좋은 소리가 음악처럼 들려왔다. 소년들은 눈이 길바닥으로 털썩 떨어지며 자그마한 인공 눈보라를 일으키는 광경에 신이 나서 소리 지르며 법석을 떨었다.

지붕을 뒤덮은 매끄럽고 하얀 눈, 그리고 땅에 쌓여 약간 더러워진 눈 때문에 집 정면은 유난히 칙칙해 보였고, 창문은 더더욱 검어 보였다. 치우지 못하고 남은 눈은 마차와 수레의 무거운 바퀴에 깔려 깊은 골이 패였다. 큰길이 갈라지는 곳에서는 그런 바큇자국이 수없이 얽히고설켜 복잡한 도랑이 만들어졌고, 걸쭉

하고 누런 진창과 눈 녹은 물이 뒤범벅되면서 원래의 바큇자국은 흔적도 없이 사라졌다. 하늘은 우중충 흐렸고, 반쯤 얼어붙은 안개 때문에 몇 걸음 안 되는 도로조차 끝이 보이지 않았다. 좀 더 굵은 안개 입자들은 대영제국의 모든 굴뚝이 불을 지피고 맘껏 타오르기로 약속이라도 한 듯 마구 내뿜는 시커먼 알갱이와 섞여 쏟아져 내렸다. 날씨도 도시도 결코 유쾌한 상태가 아니었지만, 가장 화창한 여름날의 공기와 가장 눈부신 여름날의 햇빛이 제아무리 매력을 뽐내도 소용이 없을 만큼, 흥겨운 분위기가 사방에 가득했다.

지붕에 쌓인 눈을 삽으로 퍼내는 사람들은 무척 들뜨고 신 난 모습이었다. 지붕 난간에서 큰 소리로 서로를 부르며 이따금씩 장난삼아 눈싸움을 벌였는데 (사실 말로 제아무리 익살을 떨어 봤자, 악의 없는 몸싸움이 더 재미있는 법이다.) 눈덩이가 명중하면 배꼽을 잡고 웃었고 빗나가도 역시나 깔깔 웃어 댔다. 닭과 칠면조를 파는 고깃간은 아직 반쯤 문을 열어 두었고, 과일가게는 눈부시게 번쩍거렸다. 가게 안에는 유쾌한 배불뚝이 노신사의 조끼처럼 커다랗고 둥글고 불룩한 광주리에 알밤이 수북 담겨 있었는데, 알밤 광주리는 문가에 축 늘어져 있다가 못 견디겠다는 듯 거리로 데구루루 굴러 나오기도 했다. 갈색 껍질로 뒤덮인, 불그스름하고 알이 굵은 스페인 양파는 스페인 수도사들처럼 통통하게 살이 오른 몸을 뽐내면서 선반 위에 자리를 잡고는, 지나가다가 높이 걸린 겨우살이 나무를 새침하게 흘끗거리는 아가씨들에게 장난스럽고 엉큼하게 윙크를 보냈다. 배와 사과는 반드르르한 피라미드 모양으로 높이 쌓여 있었다. 가게 주인이 선심을 베풀어 눈에 잘 띄는 갈고리에 포도송이를 매달아 둔 덕분에, 행인들의 입속에는 군침이 절로 돌았다. 이끼가 잔뜩 낀 갈색 개암도 탐스럽게 쌓여 있었는데, 그 향기는 오래 전 숲을 거닐며 발목까지 차오른 시든 낙엽을 휘청휘청 밟던 기억을 떠올려 주었다. 똥똥하고 가무잡잡한 노픽산 사과는 노란 오렌지와 레몬을 돋보이게 해 주었다. 즙이 꽉 찬 듯한 그 사과를 보고 있노라면 '어서 저를 종이봉투에 담아 집으로 가져가서 저녁 식사를 마치고 후식으로 먹어 주세요.'라고 애원하는 것만 같았다. 이 엄선된 과일들 사이에 자리 잡은 금빛, 은빛 물고기들은 지루하고 활기 없는 족속이기는 하지만 오늘이 평소와 다른 날이라는 것을 아는 듯했다. 흥분했다고 말하기에는 너무 느리고 무심해 보이긴 했지만 어쨌거나 자신들의 작은 세상을 빙빙 돌아다니며 헐떡거렸다.

그리고 식료품 가게! 오, 식료품 가게! 덧문을 한두 개쯤 닫았으니 장사가 끝난 것이나 다름없었다. 그러나 그 틈으로 얼핏 보이는 광경이란! 계산대에서 저울에 무게를 달 때면 땡그랑 경쾌한 소리가 들렸고, 노끈 통은 도르르 돌며 활기차게 노끈에게 작별을 고했다. 통조림 깡통은 저글링 곡예를 보여 주듯 덜컹덜컹 오르락내리락, 차 냄새와 커피 냄새가 뒤섞인 황홀한 향기마저 코를 찔렀다. 수북이 쌓인 최상품 건포도와 눈부시게 하얀 아몬

드, 길게 쭉 뻗은 계피 막대가 보였고, 다른 향신료들도 맛깔스러운 향을 풍겼다. 설탕에 절인 과일은 엿가락처럼 찐득하게 녹인 설탕 범벅이라 제아무리 시큰둥한 구경꾼이라도 정신이 아찔해지며 결국 조급해지고 마는 것이었다. 무화과는 촉촉하고 부드러웠으며, 적당히 새콤한 프랑스산 자두가 화려한 장식 상자 속에서 얼굴을 붉히고 있었다. 모든 것이 먹음직스러웠고 크리스마스 분위기를 자아냈다. 한편 손님들은 모두 크리스마스를 지낼 생각에 잔뜩 흥분해서 허둥대다가 입구에서 맞부딪히며 버드나무 바구니를 우당탕탕 떨어뜨리거나 구입한 물건을 계산대에 두고 왔다가 얼른 달려가 가져오는 등 비슷한 실수를 수없이 저질렀지만 기분만큼은 최고였다. 한편 식료품 가게 주인과 점원들은 어찌나 솔직하고 발랄한지, 앞치마를 등 뒤로 고정해 주는 윤기 나는 하트 모양 핀은 누구나 볼 수 있도록, 그리고 크리스마스를 맞은 갈까마귀들이 실컷 쪼아 먹도록 밖으로 달아 놓은 자신들의 심장인 것만 같았다.

그러나 곧 교회의 뾰족탑이 선량한 사람들을 모두 교회와 성당으로 불렀고, 사람들은 자리를 떠나 가장 좋은 옷을 차려입고 어느 때보다도 쾌활한 얼굴로 삼삼오오 거리로 몰려나왔다. 그리고 동시에 골목길과 샛길과 이름 모를 모퉁이 등 수많은 곳에서 셀 수 없는 사람들이 저녁 식재료를 손에 들고 나타나 빵집으로 향했다. 이 가난한 잔치꾼들의 모습이 유령의 관심을 몹시도 끄는 모양이었다. 유령은 빵집 문간에 스크루지와 나란히 서

82

서 사람들이 음식을 들고 지나갈 때마다 자신의 횃불에서 꺼낸 향료를 휙 뿌렸다. 그 횃불은 무척 진기한 것이었다. 음식을 들고 온 사람들이 밀치락달치락하다가 거친 말을 주고받자 유령은 그 사람들에게 횃불에서 꺼낸 물을 몇 방울 뿌렸다. 사람들은 언제 싸웠느냐는 듯 즐거운 기분을 되찾으며 크리스마스에 싸우다니 부끄러운 짓이라고 말했다. 맞는 말이었다. 암, 맞는 말이고말고!

이윽고 종소리가 그쳤고 빵집들은 문을 닫았다. 그러나 빵집 화덕마다 위쪽에 얼룩덜룩한 물기가 남아 사람들이 먹을 저녁 만찬이 무엇이며 어떻게 요리했는지 뿌듯하게 일러 주었다. 빵집 바닥마저 함께 요리된 듯이 자갈에서 김이 모락모락 피어올랐다.

스크루지가 물었다.

"유령님이 횃불에서 꺼낸 향료에 특별한 양념이라도 들었습니까?"

"그렇지. 나만의 특제 양념이지."

"오늘 먹는 어떤 요리에라도 효과가 있습니까?"

"정성을 담아 만든 요리라면 뭐든. 가난한 사람들의 요리에 가장 효과가 좋지."

"왜 그런가요?"

"가난한 사람들에게 가장 필요하니까."

스크루지는 잠시 생각한 뒤 말했다.

"유령님, 인간을 둘러싼 수많은 세계의 수많은 존재 중에서, 왜 하필 유령님이 이 사람들이 순수한 기쁨을 누릴 기회를 빼앗으려 하시는지 모르겠습니다."

유령이 외쳤다.

"내가?"

"유령님은 매주 일곱째 날마다 저들이 저녁을 먹을 기회를 빼앗지 않으십니까? 어쩌면 저 사람들에게는 그날이 식사다운 식사를 할 수 있는 유일한 날일지도 모르는데요."

유령이 외쳤다.

"내가?"

"유령님은 안식일에 이런 빵집의 문을 닫으라고 하시잖습니까? 그게 그거지요."

유령이 소리쳤다.

"내가 그랬다고?"

"제 말이 틀렸다면 용서해 주십시오. 유령님의 이름으로, 아니면 적어도 유령님 가족의 이름으로 그런 일이 행해져 왔습니다."

"너희가 사는 이 세상에는 우리를 잘 안다고 주장하면서 우리의 이름으로 정욕과 교만, 악의, 증오, 시기, 편견, 이기심에 가득 차 행동하는 이들이 있지. 우리는 물론 우리의 친구와 친척을 통틀어 그런 자들과 상관있는 이는 아무도 없다. 그런 이들이 이세상에 살았나 싶을 정도다. 이 점을 기억해 두고 그들의 잘못은 우리가 아니라 그들에게 돌려라."

스크루지는 그러겠다고 말했고, 둘은 전처럼 보이지 않는 모습으로 런던 근교로 갔다. (스크루지가 빵집에서 보았듯이) 유령은 몸집이 어마어마하게 큰데도 어느 장소에건 쉽사리 몸을 맞춰 넣을 수 있는 놀라운 능력이 있었다. 그뿐 아니라 유령은 지붕이 낮은 집에서도 천장이 높은 회관에서나 가능할 법한, 우아하고 초자연적인 존재답게 위풍당당 서 있는 것이었다.

자신의 이런 능력을 뽐내는 게 즐거워서 그랬는지, 아니면 천성이 자상하고 관대하며 따뜻한 데다 가난한 이들에게 연민을 느껴서인지 알 수 없지만 유령은 스크루지를 곧장 스크루지의 서기가 사는 집으로 이끌었다. 스크루지는 유령의 옷자락을 꼭 붙잡고 있었다. 유령은 웃음 띤 얼굴로 그 집 문간에 서서 횃불에서 꺼낸 물방울을 뿌리며 밥 크래칫의 집을 축복했다.

생각해 보라! 밥은 일주일에 고작해야 15밥(*영국의 화폐 단위인 실링의 속어.)을 벌었다. 토요일마다 밥의 주머니에는 자신의 세례명과 똑같은 동전 열다섯 개가 들어올 뿐이었다. 그런데 그런 밥의 네 칸짜리 집에 현재의 크리스마스 유령이 축복을 내린 것이다!

그때 밥의 아내인 크래칫 부인이 자리에서 일어났다. 두 번이나 안팎을 바꿔 가며 입은 드레스를 궁색하게 차려입고, 싸구려지만 6펜스치고는 상당히 봐줄 만한 리본을 당당하게 매단 모습이었다. 그녀는 역시 당당하게 리본을 매단 둘째 딸 벨린다 크래칫의 도움을 받아 식탁보를 깔았다. 그러는 동안 피터 크래칫 군은 감자가 든 냄비를 포크로 찔러 보고 있었다. 기괴하게 생긴 셔츠 깃 끝이 자꾸 입에 들어갔지만(이 셔츠는 밥이 간직해 온 물건으로, 아들이자 상속자인 피터에게 특별한 날을 기념하여 수여한 것이었다.), 이토록 화려하게 차려입었다는 사실에 마음이 뿌듯했고, 얼른 멋쟁이들이 모이는 공원에 가서 옷을 자랑하고 싶어 좀이 쑤셨다. 곧 좀 더 어린 크래칫 남매가 와락 뛰어들어오더니 빵집에서 기가 막힌 거위고기 냄새가 풍겼는데 분명 우리 집 거위라고 소리를 질러 댔다. 이 어린 남매는 세이지(*누린내와 느끼함을 잡아 주는 향신료.)와 양파로 만든 거위 속을 먹는다는 황홀한 생각에 빠져서는 식탁을 빙빙 돌며 춤을 추다가 피터를 보고 무척 멋있다며 잔뜩 추어올렸다. 피터는 (셔츠 깃 때문에 질식할 뻔했지만 우쭐한 기색 없이) 화덕의 불을 후후 불어 댔고, 느릿느릿 익어 가던 감자는 드디어 부글부글 거품을 내면서 어서 꺼내 껍질을 벗겨 달라고 냄비 뚜껑을 탕탕 두드렸다.

크래칫 부인이 말했다.

"훌륭하신 네 아빠는 대체 뭐 하신다니? 네 동생 꼬마 팀도 말이야! 마사도 작년 크리스마스에는 삼십 분이나 일찍 와 있었는데!"

"저 여기 왔어요, 엄마!"

이 말과 함께 소녀가 등장했다.

어린 크래칫 남매가 외쳤다.

"마사 언니 왔어요, 엄마!"

"신 난다! 거위가 정말 끝내줘, 마사 누나!"

"어머, 어머, 우리 딸! 어쩜 이리 늦었니!"

크래칫 부인은 이렇게 말하며 딸에게 쉴 새 없이 입을 맞추고 야단스레 딸의 숄과 모자를 벗겨 주었다.

소녀가 대답했다.

"어젯밤까지 끝내야 하는 일이 많았어요. 오늘 아침엔 정리까지 해야 해서요."

크래칫 부인이 말했다.

"뭐, 이렇게 왔으니 그걸로 됐어. 자, 난롯가에 앉아라, 아가. 그리고 몸 좀 녹이렴. 아유, 우리 딸!"

"안 돼, 안 돼! 아빠가 오고 계셔!"

동에 번쩍 서에 번쩍 돌아다니는 어린 크래칫 남매가 외쳤다.

"숨어, 마사 누나, 얼른!"

그래서 마사는 몸을 숨겼고 아빠인 왜소한 밥이 들어왔는데, 끝단을 빼도 1미터는 됨직한 털목도리를 앞으로 늘어뜨리고 있었다. 실밥이 다 드러난 옷은 그래도 크리스마스를 맞아 깁고 솔질한 흔적이 보였다. 밥의 어깨에는 꼬마 팀이 앉아 있었다. 가여운 꼬마 팀! 손에 자그마한 목발을 들었고 팔다리에는 보철을 하고 있었다!

밥이 두리번거리며 외쳤다.

"아니, 우리 마사는 어디 있지?"

크래칫 부인이 말했다.

"안 왔어요."

"안 왔다니!"

한껏 들떴던 밥이 갑자기 침울해졌다. 교회에서부터 줄곧 팀의 팔팔한 경주마가 되어 기세 좋게 돌아온 참이었는데!

"크리스마스인데 안 왔단 말이야?"

마사는 장난이더라도 실망한 아빠의 모습을 보고 싶지가 않았다. 그래서 벽장 문 뒤에서 계획보다 빨리 뛰쳐나와 아빠의 품을 와락 파고들었고, 그동안 어린 크래칫 남매는 꼬마 팀을 재촉해 세탁장으로 데려갔다. 구리 솥에서 들려오는 푸딩의 노랫소리를 들려주고 싶어서였다.

크래칫 부인은 밥에게 이렇게 순진해서 어떡하느냐고 놀려 댔고, 밥은 딸을 한참이나 껴안고 있었다. 크래칫 부인이 물었다.

"꼬마 팀은 착하게 굴었어요?"

밥이 말했다.

"정말 착했지. 천사처럼 얌전했어. 혼자 보내는 시간이 많다 보니 생각이 깊어진 모양이야. 듣도 보도 못한 묘한 생각을 한다니까. 집에 오는 길에 한다는 말이, 교회에서 사람들이 자신을 봤으면 좋겠다잖소. 사람들이 절름발이인 자기를 보면 앉은뱅이를 걷게 하고 눈먼 사람을 눈 뜨게 한 주님을 떠올릴 테니, 크리

명을 지르지 않도록 숟가락으로 입을 틀어막았다. 마침내 식탁이 차려졌고 모두 감사 기도를 드렸다. 크래칫 부인이 고기 자르는 칼을 찬찬히 뜯어보며 그것을 거위의 가슴에 찔러 넣을 자세를 잡자 숨 막히는 정적이 사방을 뒤덮었다. 그러나 크래칫 부인이 칼로 고기를 찌르고 오래 기다렸던 거위 속이 주르르 쏟아져 나오자 식탁에는 기쁨 어린 속삭임이 일렁였고, 어린 크래칫 남매 때문에 덩달아 신이 난 꼬마 팀도 나이프 자루로 식탁을 탕탕 두드리며 힘없는 목소리로나마 "만세!" 하고 외쳤다.

정말이지 그런 거위는 처음이었다. 밥은 이렇게 훌륭한 거위 요리가 있다니 믿을 수가 없다고 했다. 야들야들한 속살에 구수한 냄새, 크기에 비해 저렴한 가격까지 모두가 칭찬해 마지않았다. 사과 소스와 으깬 감자까지 더해지니 온 가족이 배불리 먹기에 충분한 식사였다. 크래칫 부인이 (접시에 남은 작은 뼛조각 하나까지도 꼼꼼히 살펴보고는) 무척 흐뭇해하며 결국 거위를 다 먹어치우지도 못했다고 말할 정도였다. 그러나 모두가 배불리 먹었고, 특히 어린 크래칫 남매는 눈썹이 안 보일 정도로 세이지와 양파에 얼굴을 처박고 정신없이 먹어 댔다. 그러다 벨린다가 접시를 새 것으로 바꾸는 동안 크래칫 부인은 푸딩을 가져오려고 방을 나갔다. 너무 긴장한 나머지 지켜보는 사람이 있으면 못 견딜 것 같아서 혼자 슬쩍 나갔다.

제대로 안 익었으면 어쩌나! 꺼내다가 모양이 망가지면 어떡하나! 온 식구가 거위고기를 먹으며 웃고 떠드는 동안 누군가 뒤

뜰 담을 넘어와 훔쳐 가 버렸으면 어떡하나! 그럼 어린 크래칫 남매는 화가 나서 방방 뛰며 난리를 피울 텐데! 별별 끔찍한 생각이 잇따라 떠올랐다.

와! 김이 무럭무럭 엄청 피어오르네! 푸딩이 구리 냄비에서 나왔다. 빨래하는 날 맡을 수 있는 냄새! 빨랫감에서 나는 냄새였다. 음식점과 빵집, 세탁소가 나란히 서 있을 때 날 것 같은 냄새! 바로 이 푸딩의 냄새였다. 크래칫 부인은 30초도 안 되어 방에 들어섰다. 얼굴은 붉게 상기되었지만 의기양양한 웃음을 짓고 있었다. 손에 든 푸딩은 얼룩덜룩 반점이 박힌 대포알 같았고 무척 탱탱했으며 주변에는 살짝 끼얹어 불을 붙인 브랜디가 활활 타올랐고, 꼭대기에는 크리스마스 장식인 호랑가시나무가 꽂혀 있었다.

오, 굉장한 푸딩이었다! 밥 크래칫은 진지한 목소리로, 결혼 후 크래칫 부인이 만든 것 중에서 가장 뛰어난 푸딩이라고 말했다. 크래칫 부인은 이제야 마음의 짐을 내려놓게 됐다면서, 솔직히 밀가루 양을 알맞게 넣었는지 자신이 없었다고 말했다. 모두가 돌아가며 푸딩을 칭찬했지만, 이런 대식구가 먹기에는 양이 적지 않느냐고 말하거나 생각하는 사람은 아무도 없었다. 그건 이단자나 할 만한 행동이었다. 크래칫 식구라면 누구든 그런 기색을 넌지시 비춘 것만으로도 부끄러워 얼굴을 붉혔을 것이다.

마침내 저녁 만찬이 모두 끝나자 식구들은 식탁보를 걷고 난로의 재를 쓸어내고 불을 피웠다. 맛을 보니 완벽하다는 말이 절로 나오는 주전자 속 혼합음료와 함께 사과, 오렌지를 식탁에 올렸고 알밤을 삽에 가득 담아 난로 위에 얹었다. 그런 다음 온 식구가 난롯가에 둘러앉았는데 밥 크래칫은 둥그렇게 모여 앉았다고 말했지만 사실은 반원 모양으로 앉았다는 뜻이었다. 그리고 밥 크래칫의 팔꿈치 옆에는 이 집에 있는 유리잔이 죄다 나와 있었다. 바닥이 납작한 큰 잔 두 개와 손잡이가 없는 커스터드용 잔 하나였다.

그러나 이 잔들은 황금 술잔 못지않게 주전자에 담긴 뜨거운 액체를 훌륭히 담아냈다. 밥은 환하게 웃는 얼굴로 그 잔을 나눠 주었고 그동안 난로에서는 밤이 익어 가며 탁탁 펑펑 소란을 떨었다. 그러다 밥이 축배를 들었다.

"사랑하는 가족 여러분, 모두에게 메리 크리스마스! 하느님이 우리를 축복하시길!"

온 가족이 따라서 외쳤다.

맨 마지막으로 꼬마 팀이 말했다.

"하느님이 우리 모두를 축복하시길!"

자그마한 전용 의자에 앉은 꼬마 팀은 아빠 곁에 바싹 붙어 있었다. 밥은 아이가 무척 소중한 존재이며 언제나 곁에 두고 싶다는 듯, 혹시라도 떠나갈까 봐 두렵다는 듯 꼬마 팀의 쇠약한 손을 꼭 잡았다.

스크루지가 전에 없던 관심을 보이며 말했다.

"유령님, 꼬마 팀이 살아남을 수 있을까요?"

유령이 말했다.

"초라한 난로 옆 구석에 빈 의자가 하나 보인다. 주인 없는 목발이 소중히 간직되어 있구나. 미래가 이 환영을 바꾸지 않는다면, 아이는 죽을 것이다."

스크루지가 말했다.

"안 됩니다, 안 돼요. 오, 안 됩니다. 친절한 유령님! 아이가 살아남을 거라고 말씀해 주십시오!"

유령이 대답했다.

"미래가 이 환영을 바꾸지 않는다면, 우리 종족 누구라도 저 아이를 여기에서 볼 수 없을 것이다. 그게 어떻단 말이냐? 어차피 죽을 목숨이라면 죽는 게 낫지. 쓸데없이 넘쳐나는 인구도 줄어들 테고."

스크루지는 자신이 했던 말을 유령이 그대로 옮기자 고개를 수그렸고 슬픔과 후회로 어찌할 바를 몰랐다.

유령이 말했다.

"인간이여, 네가 무정한 돌덩이가 아니라 감정을 느끼는 인간이라면, 넘쳐나는 인구가 무엇이며 어디에 있는지 알게 될 때까지는 그런 사악한 말은 쉽게 내뱉지 마라. 누가 죽고 누가 살아야 하는지, 감히 네가 결정하겠다는 것이냐? 하늘에서 보면 이 가난한 남자의 아이 같은 수많은 사람들보다 네가 더 가치 없고 살려 둘 이유도 없는 인간일지 모른다. 오, 신이시여! 나뭇잎을 먹고 사는 벌레가 땅에 떨어져 굶주린 형제들을 보고 인구가 쓸데없이 넘쳐난다고 지껄이다니요!"

스크루지는 유령의 꾸짖음에 몸을 숙이고 벌벌 떨며 땅바닥을 보았다. 그러나 자신의 이름이 들리자 고개를 휙 들었다.

"사장님인 스크루지 영감님을 위해! 이 만찬을 마련해 준 스크루지 영감님을 위해!"

밥이었다.

크래칫 부인이 얼굴을 붉히며 외쳤다.

"정말이지 그 영감 덕분이고말고요! 그 노인네가 여기 있었으면 좋을 뻔했어요. 욕이나 배 터지게 먹여 줬을 텐데. 맛있다고 잘 먹어 줬음 좋겠네."

"여보, 애들 듣겠소. 그리고 오늘은 크리스마스잖아."

"물론 그나마 크리스마스니까 스크루지 영감처럼 밉살스럽고 인색하고 완고하고 냉혹한 인간을 위해 축배를 드는 거예요. 당신은 그 영감이 어떤 사람인지 알잖아요, 밥! 가엾은 사람, 당신보다 더 잘 아는 사람은 없을걸요!"

"여보, 크리스마스잖소."

밥은 부드럽게 대답했다.

"당신을 위해서, 그리고 크리스마스니까 건배하겠어요. 그 영감 좋으라고 하는 건 아니에요. 만수무강하시길! 즐거운 크리스마스 보내시고 새해 복 많이 받으시길! 안 그래도 잘 먹고 잘 사시겠지만!"

아이들은 엄마를 따라 축배를 들었다. 그날 순서 중 진심이 담기지 않은 것은 이 축배가 처음이었다. 꼬마 팀도 마지막으로 축배를 들었지만 건성으로 시늉만 했을 따름이었다. 이 가족에게 스크루지는 추악한 괴물이었다. 스크루지의 이름만 입에 올렸는데도 파티에는 어두운 그림자가 드리워졌고, 그것이 사라지기까지 족히 5분은 걸렸다.

그러나 어두운 그림자가 사라지자, 스크루지라는 사악한 존재를 처리했다는 안도감 덕분에 분위기가 전보다 열 배는 더 흥겨워졌다. 밥 크래칫은 가족들에게, 피터를 위해 봐둔 일자리가 있는데 성사되면 일주일에 5실링 6펜스는 벌게 될 거라고 말했다. 어린 크래칫 남매는 피터가 돈을 받고 일하게 된다는 생각만으로도 까르르 웃음을 터뜨렸다. 당사자인 피터는 그렇게 당혹스러울 정도로 많은 돈을 벌게 되면 어디에 어떻게 써야 할지 고민하는 모양인지, 생각에 잠겨 셔츠 깃 사이로 난롯불을 바라보았다. 그러자 여성용 모자 가게에서 수습생으로 푼돈을 받으며 일하는 마사가 어떤 일을 하고 있는지, 한 번 앉으면 허리 한 번 펴지 못하고 얼마나 오랜 시간 일해야 하는지 이야기해 주면서, 내일은 휴가를 받아 쉬는 날이니 침대에 누워 실컷 늦잠을 자고 싶다고 말했다. 마사는 또 며칠 전에 백작부인과 공자를 보았는데 그 공자는 키가 피터만 했다고 말했다. 그 말에 피터가 셔츠 깃을 얼마나 높이 치켜세우던지, 여러분이 그 자리에 있었다면 피터의 머리도 볼 수 없었을 것이다. 이렇게 이야기를 나누는 동안 군밤과 음료 주전자가 가족들 사이를 돌고 돌았다. 곧 꼬마 팀이 눈 속에서 길을 잃고 헤매는 아이에 관한 노래를 들려주었다. 구슬프고 연약한 목소리였지만 팀의 노래는 흠 잡을 데 없이 훌륭했다.

이 가족에게 남달리 눈에 띄는 점은 없었다. 외모가 뛰어나지도 않았고 옷을 잘 차려입은 것도 아니었다. 신발은 방수가 전혀 되지 않았고 옷은 허름했다. 그리고 십중팔구 피터는 전당포 내부를 속속들이 알고 있을 터였다. 하지만 가정에는 행복과 감사가 넘쳤고 흥겹게 어울렸으며 함께 하는 시간을 만족해했다. 가족들의 모습은 점차 희미해졌지만 유령이 떠나며 횃불로 뿌려준 눈부신 빛을 받아 더욱 행복해 보였다. 스크루지는 그 모습을 물끄러미 바라보았고 특히 꼬마 팀에게서 끝끝내 눈을 떼지 못했다.

어느새 어둠이 찾아오기 시작했고 눈이 펑펑 쏟아지고 있었다. 스크루지와 유령이 거리를 걸으며 보니, 부엌이나 응접실은 물론이고 방이란 방마다 난롯불이 밝게 타오르며 황홀한 분위기를 연출했다. 어느 집에서는 한들거리는 불꽃에, 아늑하게 준비된 만찬이 보였다. 난로 앞에는 고루 덥힌 따끈따끈한 요리가 놓여 있었고 새빨간 커튼은 언제든 닫으면 추위와 어둠을 막아 줄 터였다. 어느 집에서는 아이들이 눈 내리는 바깥으로 우르르 뛰어나가며, 결혼해서 떠난 형제자매들, 사촌들, 삼촌과 고모들을 가장 먼저 맞이하겠다고 야단법석을 떨었다. 또 다른 집에서는 함께 모여 앉은 손님들의 그림자가 창문 블라인드에 어른거렸다. 또 저편에서는 하나같이 모자를 쓰고 털 장화를 신은 어여쁜 아가씨들이 다함께 재잘거리며 가까운 이웃집으로 경쾌하게 몰려가는 모습이 보였다. 그 집 총각은 아가씨들이 들어오는 모습을 보고 얼굴을 붉히며 쩔쩔매고, 앙큼한 아가씨들은 모르는 척 새침을 떨고!

가족이나 친구를 만나려고 나선 사람들의 수만 봐서는 사람들이 막상 목적지에 도착했을 때 반갑게 맞이해 줄 사람이 없을 것만 같았다. 그러나 실은 집집마다 불꽃이 굴뚝 허리까지 치솟아 오르도록 불을 잔뜩 지피고 손님을 기다리고 있었다. 유령은 그 광경을 보고 축복을 내리며 기뻐서 어쩔 줄을 몰랐다! 너른 가슴을 드러내고 널찍한 손바닥을 활짝 편 채 이곳저곳 누비며, 손이 닿는 모든 것에 자신의 찬란하고 순박한 기쁨을 아낌없이 발산하는 모습이란! 어딘가에서 저녁 시간을 보내기 위해 옷을 차려입은 점등원이 어스레한 거리에 가로등을 점점이 켜며 저만치 달려가다가 유령이 지나갈 때 큰 소리로 웃음을 터뜨렸다. 크리스마스인 건 알았겠지만 동행이 있다는 건 꿈에도 몰랐으리라!

유령은 입도 뻥긋하지 않고 스크루지를 어딘가로 데려갔고, 둘은 어느새 적막하고 쓸쓸한 황야에 서 있었다. 거인들의 묘지처럼 거칠고 기괴하게 생긴 바윗덩어리들이 여기저기 널려 있었다. 물은 아무 데나 마음대로 흘러 다녔다. 아니 서리에 갇히지만 않았으면 그렇게 했을 터였다. 그 땅에 보이는 식물이라고는 이끼와 가시금작화, 제멋대로 무성하게 자란 잡초뿐이었다. 서쪽으로 저물며 불처럼 새빨간 빛줄기를 던지던 해는 곧 시무룩한 눈동자로 황야를 번득 노려보고는 눈살을 찌푸리며 아래로, 아래로 가라앉다가 결국 한밤중 같은 짙은 암흑 속으로 자취를 감추었다.

스크루지가 물었다.

"여긴 어딥니까?"

유령이 대답했다.

"깊은 땅 속에서 일하는 광부들이 사는 곳이다. 그러나 저들은 나를 알지. 보아라!"

어느 오두막집 창문에서 불빛이 새어나왔다. 둘은 그쪽으로 재빨리 다가갔다. 진흙과 돌로 만든 벽을 통과하니 이글이글 타오르는 난롯불을 둘러싼 명랑한 가족이 보였다. 늙고 늙은 노인과 그의 아내, 그들의 자녀와 그 자녀의 자녀, 그리고 그 아래 세대까지 모두가 크리스마스를 맞아 멋지게 차려입고 모여 앉아 유쾌하게 웃음짓고 있었다. 노인은 황량한 불모지에 윙윙 몰아치는 바람 소리 때문에 들릴 듯 말 듯한 목소리로 가족에게 크리스마스 노래를 불러 주고 있었다. 노인이 어릴 적에 부르던 아주 오래된 노래였다. 이따금씩 모두 입을 모아 후렴을 부르기도 했다. 가족들이 목소리를 높이면 노인의 목소리도 힘차고 명랑해졌고, 가족들이 노래를 그치면 노인의 활력도 잦아들었다. 정말이지 그랬다.

유령은 그곳에서 오래 머무르지 않고 스크루지에게 자신의 옷자락을 잡으라고 하고는 황야 위를 날았다. 이렇게 빠르게 어디로 가는 걸까? 바다는 아니겠지? 바다였다. 스크루지가 뒤를 돌아보니 무시무시하게도 육지의 끝자락과 기세 좋게 늘어선 바위가 보였다. 물살에 패인 으스스한 동굴 사이사이로 파도가 휘몰아치고 땅을 삼켜 버릴 듯 맹렬한 기세로 쏴아 우릉우릉 울부짖었다. 요란한 파도 소리에 스크루지는 귀청이 떨어질 것 같았다.

해변에서 5킬로미터쯤 떨어진 곳에 1년 내내 세찬 파도를 뒤집어쓰는 음침한 암초가 있었는데, 그 위에 등대가 외로이 서 있었다. 등대 아랫부분에는 해초 더미가 수북수북 달라붙었고, 해초가 물에서 탄생했듯이 바람에서 태어났을지도 모를 바닷새들은 자신들이 스쳐 지나온 파도처럼 오르락내리락 등대 주변을 날아다녔다.

그러나 이런 곳에서도 두 등대지기는 불을 피웠고, 환한 불빛이 두터운 돌벽에 난 작은 구멍을 통해 무서운 바다를 비추었다. 등대지기들은 울퉁불퉁한 식탁 위로 못이 박힌 손을 맞잡고 럼주를 들며 서로 즐거운 크리스마스를 보내라고 축복해 주었다. 그리고 그 중에서 나이가 더 많은 남자, 낡은 뱃머리에 붙인 나무 조각상처럼 험한 날씨에 시달려 얼굴이 상처와 흉터투성이인 남자가 강풍처럼 힘차게 노래를 불렀다.

유령은 다시 속도를 올려 넘실거리는 검은 바다 위를 날고 날다가 스크루지에게 말했듯이 육지가 조금도 보이지 않는 멀고 먼 바다로 가서 어느 배에 내려앉았다. 둘은 배를 조종하는 키잡이와 뱃머리에서 망을 보는 선원과 불침번을 서는 장교들을 옆에서 지켜보았다. 그들은 어둡고 으스스한 모습으로 각자 맡은 자리를 지키고 있었지만 저마다 크리스마스 노래를 흥얼거리거나, 크리스마스를 생각하거나, 어서 집으로 돌아가 가족들과 함께 있기를 간절히 바라며 지나간 크리스마스의 추억을 동료에게 소곤소곤 들려주었다. 갑판 위에 있는 사람들은 깨어 있든 자고 있든, 선하든 악하든 상관없이 모두가 그날만큼은 연중 어느 때보다도 따뜻한 말을 주고받으며 약간이나마 크리스마스 기분을 냈다. 그리고 멀리 있는 소중한 사람들을 떠올리며 그들도 당연히 자신을 떠올려 주리라고 믿었다.

　스크루지는 구슬픈 바람 소리를 들으면서 생각했다. 죽음만큼이나 심오해서 깊이를 헤아릴 수 없는 미지의 심해, 그 위에 펼쳐진 고독한 어둠을 가르며 항해하는 모습은 얼마나 장엄한 광경인가! 정말 놀라지 않을 수 없었다. 이런 생각에 잠겨 있던 스크루지는 기운찬 웃음소리를 듣고 또 한 번 놀랐다. 그것이 조카의 웃음소리인 걸 알고서, 그리고 자신이 어느새 유령과 함께 밝고 쾌적하고 환한 방에 들어 왔다는 사실을 깨닫고서 화들짝 놀랐다. 유령은 스크루지 곁에 서서 웃음 띤 얼굴로 스크루지의 조카를 흐뭇하고 따뜻하게 바라보고 있지 않은가!

스크루지의 조카가 웃음을 터뜨렸다.

"하하! 하하하!"

그럴 가능성은 별로 없겠지만 혹시 여러분이 스크루지의 조카보다 더 호쾌하게 웃는 사람을 안다면, 정말이지 나도 그 사람이 누군지 알고 싶다. 그 사람과 친하게 지내고 싶으니 부디 내게 소개시켜 주시길.

질병과 슬픔도 전염이 되지만, 웃음과 유쾌함만큼 강력하게 전염되는 것도 이 세상에 없으니, 그야말로 공정하고 고귀한 세상의 이치가 아닌가! 스크루지의 조카는 옆구리를 잡고 머리를 마구 흔들고 별별 엉뚱하고 우스운 표정을 지으며 웃어 댔다. 그러자 스크루지의 조카며느리도 그에 못지않게 배꼽을 잡았다. 함께한 친구들도 뒤질세라 호탕하게 웃음을 터뜨렸다.

"하하! 하하하하!"

스크루지의 조카가 큰 목소리로 말했다.

"크리스마스가 허튼소리라고 하시는 거야! 틀림없이! 게다가 진심으로 그렇게 생각하신다니까!"

스크루지의 조카며느리가 발끈하며 말했다.

"더더욱 부끄러운 일이네요, 프레드!"

이런 여성들에게 복이 있으리라! 뭐든 대충하는 법이 없다. 언제나 성심을 다한다.

조카며느리는 무척 예뻤다. 굉장한 미인이었다. 보조개가 패고 놀란 듯한 표정이 어린 어여쁜 얼굴, 그야말로 입 맞추고 싶어지는 작고 도톰한 입술, 웃을 때면 하나로 합쳐지는 턱 주변의 깜찍한 점들, 그 어떤 귀여운 동물의 얼굴에서도 본 적 없는 해처럼 빛나는 두 눈. 이 모두가 어우러져 이른바 도발적인 분위기를 자아냈다. 그러나 흐뭇한 모습이기도 했다. 오, 흠 잡을 데 없이 흐뭇한 모습!

스크루지의 조카가 말했다.

"참 재미난 분이셔. 그건 사실이야. 얼마든지 즐겁게 사실 수 있는데 그러질 않으시지. 하지만 괴팍한 성미 때문에 본인도 괴로우실 테니 나까지 비난할 필요는 없어."

스크루지의 조카며느리가 말했다.

"그분 엄청난 부자라면서요, 프레드. 적어도 당신이 늘 하던 말대로라면요."

스크루지의 조카가 말했다.

"그게 무슨 소용이겠어, 여보! 외삼촌의 재산은 본인에게 아무 쓸모가 없어. 그걸로 좋은 일을 하시지도 않고 안락하게 사시지도 않아. 우리 같은 사람을 도와줘야겠다는 생각은 꿈에도 안 하시는걸! 하하하!"

스크루지의 조카며느리가 말했다.

"난 그런 사람, 못 참아요."

조카며느리의 자매들과 그 자리에 참석한 모든 여자들이 동감을 표시했다.

스크루지의 조카가 말했다.

"오, 난 참을 수 있어! 그분이 가여워. 화를 내려고 해 봤지만 되지가 않던걸. 그 고약한 변덕 때문에 괴로운 사람이 누구일까? 늘 그분 자신이지. 봐, 삼촌은 우리가 싫다는 생각에만 빠져 계시니, 식사하러 여기 오지 않으시는 거야. 그래서 어떻게 됐지? 뭐 대단한 만찬을 놓치신 건 아니지만."

조카며느리가 말을 자르며 끼어들었다.

"아니에요, 정말 굉장한 만찬을 놓치셨어요."

모두 맞장구를 쳤다. 판결을 내릴 자격은 충분했다. 이제 막 저녁 식사를 끝내고 등불을 켠 다음 식탁에 후식을 올려둔 채 난롯가에 모여 있었기 때문이었다.

스크루지의 조카가 말했다.

"뭐, 그렇게 말해 주니 기분 좋은데! 요새 젊은 주부들은 썩 믿음이 안 가서 말이야. 자네 생각은 어때, 토퍼?"

토퍼는 조카며느리의 여동생 중 한 명을 눈여겨보고 있던 게 분명했다. 총각이란 그런 문제에 관해 의견을 표현할 권리가 없는 비참한 외톨이라고 말했기 때문이었다. 그 말에 그 여동생 중 한 명, 그러니까 장미를 꽂은 아가씨가 아니라 옷깃에 레이스 장식을 단 통통한 아가씨가 얼굴을 붉혔다.

스크루지의 조카며느리는 손뼉을 치며 말했다.

"계속해요, 프레드. 이이는 하던 말을 끝맺을 줄 모른다니까요. 정말 우스운 사람이에요!"

프레드는 또다시 호탕하게 웃음을 터뜨렸고 그 전염성은 막을 도리가 없었다. 조카며느리의 통통한 여동생은 향초 냄새를 맡으며 웃음을 참아 보았지만 소용이 없었고, 결국 모두가 스크루지의 조카를 따라 한바탕 웃음을 터뜨렸다.

프레드가 말했다.

"난 그냥, 삼촌이 우리를 싫어하시고 우리랑 즐겁게 놀지 않으셨으니 결국, 유쾌한 시간을 놓치고 말았다는 얘기를 하고 싶었어. 그렇다고 손해 보신 건 없겠지만. 그 곰팡내 나는 낡은 사무실이나 먼지투성이 집에서 혼자 생각에 빠져 지내시느니, 사람들과 훨씬 유쾌하게 보내면 좋았을 텐데 그걸 놓치셨지. 난 삼촌이 좋아하시건 싫어하시건 매년 똑같은 기회를 드릴 작정이야. 참 가여운 분이잖아. 죽는 날까지 크리스마스를 욕하실지도 모르지만, 내가 매년 기분 좋게 찾아가서 '삼촌, 잘 지내셨어요?'라고 인사하면, 물론 삼촌에게 반항하는 꼴이 되겠지만, 어쨌든 자신도 모르게 크리스마스를 좀 더 좋게 생각하시게 될 거야. 그래서 그 불쌍한 서기에게 50파운드라도 남겨 주고 가고 싶단 생각을 하시게 된다면, 의미가 있잖아. 사실 어제 내가 삼촌의 마음을 좀 흔들어 놓은 것 같아."

스크루지의 마음을 흔들어 놓은 것 같다니, 이번엔 다른 사람들이 웃음을 터뜨릴 차례였다. 그러나 스크루지의 조카는 워낙 소탈한 성격인 데다 사람들이 웃는 이유보다는 어떤 이유건 웃었다는 사실만 중요하게 여겼으므로, 더더욱 사람들의 흥을 돋우고자 기분 좋게 술병을 돌렸다.

차를 마신 후 사람들은 노래를 몇 곡 불렀다. 본디 음악을 좋아하는 가족이었고, 장담컨대 무슨 노래를 불러야 하는지, 무반주 합창곡이나 돌림노래를 언제 불러야 하는지 잘 아는 이들이었다. 특히 토퍼는 실력 있는 베이스 가수처럼 으르렁거리듯 저음을 내면서도 이마에서 핏줄이 튀어나오거나 얼굴이 새빨개지지 않았다. 스크루지의 조카며느리는 하프를 멋지게 연주했다. 연주곡 중에 간단한 소곡이 하나 있었는데(2분만 배워도 휘파람으로 불 수 있을 만큼 아주 쉬운 곡이었다.) 과거의 크리스마스 유령이 보여 준, 스크루지를 기숙학교에서 데리고 나간 소녀가 잘 부르던 곡이었다. 그 선율이 들려오자 유령이 보여 주었던 모든 장면들이 머릿속에 떠오르며 스크루지는 마음이 점점 녹아내렸다. 그리고 몇 년 전부터라도 이 곡을 자주 들었더라면, 제 손으로 행복하고 인정 넘치는 삶을 일궈나갈 수 있었을 테고, 그럼 죽은 제이콥 말리도 유령의 모습으로 찾아오지 않아도 되었을 거라는 생각을 했다.

사람들은 저녁 내내 노래만 부르지는 않았다. 잠시 후 벌금놀이가 시작되었다. 이따금씩 아이로 되돌아가는 것도 좋은 일이거니와 크리스마스의 위대한 창시자가 어린 아기인 이상 크리스마스는 동심으로 돌아가기에 더할 나위 없이 좋은 때다. 잠깐! 술래잡기가 먼저였다. 그럼, 그래야지. 차라리 토퍼의 장화에 눈이 달렸다고 믿는 게 낫지, 토퍼가 정말로 눈을 가렸다고 믿을 수는 없었다. 내 생각엔 토퍼와 스크루지의 조카 사이에 미리

오간 얘기가 있었던 것 같다. 그리고 현재의 크리스마스 유령도 그 사실을 아는 듯했다. 토퍼가 옷깃에 레이스 장식을 단 통통한 아가씨를 뒤쫓는 모습을 보노라니 인간 본성에 대한 순수한 믿음이 와르르 무너졌다. 토퍼는 벽난로용 도구들을 와장창 넘어뜨리고 의자에 걸려 휘청거리고 피아노에 쾅 부딪히고 커튼에 묻혀 숨이 턱 막히면서도 그 아가씨가 가는 곳이면 어디든 따라갔다. 통통한 아가씨가 어디에 있는지 늘 알아맞혔다. 다른 사람은 도무지 잡으려 들지 않았다. 혹시 여러분이 일부러 토퍼에게 부딪혀 넘어졌다면(실제로 그렇게 한 사람들이 있었다.), 토퍼는 여러분을 잡으려는 시늉을 하며 그의 속마음을 다 알고 있는 여러분을 모욕하고는 다음 순간 통통한 아가씨가 있는 쪽으로 슬슬 옆걸음질칠 터였다. 통통한 아가씨는 이따금씩 불공평하다고 외쳤다. 그 말은 사실이었다. 그러나 마침내, 토퍼는 아가씨를 붙잡았다. 아가씨는 비단옷을 바스락거리며 재빨리 파드닥 지나가려고 했지만, 토퍼는 도망갈 데가 없는 구석으로 아가씨를 몰아넣었다. 그런 다음 토퍼가 한 행동은 밉살스럽기 짝이 없었다. 토퍼는 잡힌 사람이 누구인지 모르는 척했다. 어쩔 수 없다는 듯 아가씨의 머리 장식을 더듬고, 한 술 더 떠 누군지 알아맞히기 위해서라며 아가씨가 손가락에 낀 반지와 목에 건 목걸이를 만지작거렸다. 비열하고 어처구니없는 짓이었다. 당연히 아가씨는 다른 사람이 술래가 되었을 때, 커튼 뒤에서 비밀리에 토퍼를 만나 자신의 생각을 이야기했다.

스크루지의 조카며느리는 술래잡기에 끼지 않고 아늑한 구석자리에 커다란 의자와 발걸이를 마련해 두고 편히 쉬고 있었고, 유령과 스크루지는 바로 뒤에 있었다. 조카며느리는 벌금놀이에는 참여했으며, 알파벳 글자 맞추기에서 놀라운 실력을 발휘했다. '언제, 어디서, 어떻게' 게임을 할 때도 두각을 드러내 스크루지의 조카는 은근히 기뻐했다. 토퍼가 말해 주겠지만 여동생들도 무척 영리한 아가씨들인데, 스크루지의 조카며느리가 완벽하게 물리쳐 버렸던 것이다. 거기 모인 사람들은 스무 명 남짓이었고 나이가 많든 적든 모두 게임에 참여했다. 스크루지도 마찬가지였다. 눈앞에서 벌어지는 광경에 정신이 팔려, 다른 이들의 귀에 자신의 목소리가 들리지 않는다는 사실을 까맣게 잊어버리고, 이따금씩 답을 추측해 큰 소리로 외쳤는데 그게 맞아떨어질 때가 많았다. 예리하기로는 둘째가라면 서럽고 바늘귀가 절대 부러지지 않는다는 최고급 화이트채플 바늘이라도 스크루지보다 더 예리할 수는 없었으리라. 그 바늘도 스크루지의 머릿속에든 생각과 비교하면 뭉툭할 지경이었다.

유령은 이런 기분에 흠뻑 취한 스크루지를 보고 무척 흐뭇해하며 인자한 표정으로 스크루지를 응시했다. 그래서 스크루지는 손님들이 떠날 때까지 계속 여기 있게 해 달라고 어린애처럼 졸라 댔다. 그러나 유령은 그럴 수 없다고 말했다.

스크루지가 말했다.

"새 게임을 시작하네요. 유령님, 30분만이요, 딱 30분만!"

'예, 아니요'라는 놀이였는데 스크루지의 조카 프레드가 뭔가를 생각하고 나머지 사람들은 그게 뭔지 알아맞혀야 했다. 프레드는 사람들이 질문을 던질 때마다 '예'나 '아니요'로만 대답할 수 있었다. 속사포처럼 질문이 쏟아진 결과, 프레드가 생각하고 있는 것은 동물이되 살아 있는 동물임이 밝혀졌다. 불쾌하고 몹시 사나우며, 때로 으르렁거리고 툴툴대는가 하면, 때로는 말을 하고, 런던에 살고 있으며 거리를 돌아다니지만 구경거리도 아니고 누군가에게 이끌려 다니는 동물도 아니며, 동물원에 살지 않고, 도살 당해 시장에서 팔리는 짐승도 아니며, 말도 아니요, 나귀도 아니요, 암소도 황소도 아니요, 호랑이도 아니고, 개도, 돼지도, 고양이도, 곰도 아닌 동물이었다. 새로운 질문을 받을 때마다 프레드는 반드시 배꼽을 잡고 웃어 댔다. 우스워 죽겠는지 소파에서 벌떡 일어나 발을 쾅쾅 굴러 댔다. 마침내 통통한 아가씨가 스크루지의 조카와 비슷한 증세를 보이더니, 이렇게 소리쳤다.

"알겠어요! 그게 뭔지 알겠어요, 형부! 알았다고요!"

프레드가 물었다.

"뭔데?"

"형부의 삼촌인 스크루우우우우우지 영감!"

딩동댕! 다들 프레드에게 감탄해마지 않았다. 물론 "곰입니까?"라는 질문에 "네."라고 대답했어야 한다고 항의하는 사람들도 있었다. 혹시 스크루지가 아닐까 생각했지만 곰이 아니라는 대답을 듣고 다른 쪽으로 생각을 돌렸다는 것이었다.

프레드가 말했다.

"삼촌 덕분에 무척 재밌었어. 그분의 건강을 위해 건배하지 않는 건 은혜를 모르는 짓이지. 마침 우리 손에 뜨끈한 포도주 잔이 있군. 자, 스크루지 삼촌을 위하여!"

사람들이 외쳤다.

"그래! 스크루지 삼촌을 위하여!"

스크루지의 조카가 외쳤다.

"그분이 어떤 존재든, 즐거운 크리스마스를 보내고 새해 복 많이 받으시길! 이런 내 인사를 마다하시겠지만 그래도 받으시 길! 스크루지 삼촌을 위하여!"

그 스크루지 삼촌은 자신도 모르게 마음이 무척 가볍고 명랑 해져서 유령이 시간을 주었다면 스크루지의 존재를 느끼지 못하는 이 일행에게 답례로 건배를 들고 목소리가 들리지 않더라도 감사를 표했을 터였다. 그러나 조카가 마지막 말을 내뱉자마자 장면이 싹 사라져 버렸다. 스크루지와 유령은 또다시 여행길에 올랐다.

많은 것을 보았고 멀리까지 갔고 수많은 집을 찾아갔지만, 늘 행복한 광경으로 끝이 났다. 유령이 병자의 침대 곁에 서면 병자 들은 기운을 차렸다. 유령이 이국땅에 서면 사람들은 고향에 가 까워진 것처럼 느꼈다. 역경에 몸부림치는 이들 옆에 서면, 사 람들은 더더욱 큰 희망을 품고 인내했다. 가난한 사람들에게 다가가면 마음이 풍족해졌다. 허영심 강한 사람이 보잘것없는 권력을 믿고서 유령이 들어오지 못하도록 빗장을 지르지 않은 곳이라면 구빈원이든 병원이든 감옥이든, 불행의 모든 피난처에 유령은 축복을 내렸고 스크루지에게 가르침을 주었다.

이 모든 것이 하룻밤 새에 일어난 일이라면, 긴긴 밤이었다. 그러나 스크루지는 믿기지 않았다. 유령과 함께 보낸 시간 속에 크리스마스 휴가 며칠이 압축된 것만 같았다. 이상한 점은 그뿐이 아니었다. 스크루지의 겉모습은 변함없이 그대로인데, 유령은 두드러지게 늙어 가고 있었다. 스크루지는 이 변화를 진작부터 눈여겨보고 있었지만 아무 말도 꺼내지 않았다. 그러다 아이들의 주현절 파티 장소를 떠나며 탁 트인 공간에 함께 섰을 때 유령을 보았는데, 유령의 머리는 백발이 성성했다.

스크루지가 물었다.

"유령의 수명은 원래 그렇게 짧습니까?"

유령이 대답했다.

"이 세상에서 내 수명은 몹시 짧지. 오늘 밤 끝난다."

스크루지가 외쳤다.

"오늘 밤이라고요!"

"오늘 밤 자정까지야. 잘 들어라! 그 시각이 가까워지고 있다."

그 순간 11시 45분을 알리는 종소리가 들리기 시작했다.

스크루지는 유령의 옷을 유심히 살피며 말했다.

"주제 넘는 질문이라면 용서해 주시길 바랍니다. 하지만 이상한 게 보여요. 유령님의 몸은 아닌 것 같은데 옷자락에서 뭐가 불룩 튀어나왔네요. 발인가요, 발톱인가요?"

유령이 슬프게 대답했다.

"살점이 붙어 있으니 발톱이겠지. 여길 보아라."

유령은 접힌 옷자락 사이에서 두 아이를 꺼냈다. 가엾고 가련하고 소름끼치고 섬뜩하고 참담한 몰골이었다. 아이들은 유령의 발치에 무릎을 꿇고 옷자락 바깥쪽을 꽉 붙들었다.

유령이 외쳤다.

"오, 인간이여! 여기를 보아라. 여기, 여기, 이 아래를 보아라!"

남자아이와 여자아이였다. 얼굴은 누렇게 뜨고, 바싹 여윈 몸에 누더기를 걸쳤으며, 찡그린 얼굴은 탐욕스러웠다. 그러나 비굴하게 엎드려 있었다. 천진한 활기가 넘쳐흐르고 눈부신 생기가 가득한 얼굴이어야 하건만, 늙은이의 손처럼 생기 없고 쭈글쭈글한 손이 꼬집고 비틀어 갈기갈기 찢어 놓은 것만 같았다. 천사가 앉아 있어야 할 자리에 악마가 숨어서 눈을 부릅뜬 채 으르렁거리고 있었다. 놀랍고 신비한 창조 과정 중에, 인간성이 제아무리 변하고 타락하고 왜곡되더라도 이렇게 무시무시하고 소름끼치는 괴물은 만들어 내지 못하리라.

스크루지는 하얗게 질려 움찔 물러났다. 유령이 이렇게 보여 주었으니 귀여운 아이들이라고 말해 주려 했지만, 그런 어마어마한 거짓말에 협조할 수 없다는 듯 말이 목에 걸려 나오지 않았다.

"유령님! 유령님의 아이들입니까?"

더는 뭐라 할 말이 없었다.

유령은 아이들을 내려다보며 말했다.

"인간의 아이들이다. 제 아비를 떠나 나에게 매달리며 애원하고 있다. 남자아이의 이름은 '무지'이다. 여자아이의 이름은 '빈곤'이다. 이 둘을 조심하고 이들과 비슷한 것들을 모두 조심하라. 그러나 무엇보다도 이 남자아이를 조심하라. 이마에 쓰인 '파멸'이라는 글자가 내 눈에는 보인다. 이 글자가 지워지지 않는다면, 주의하라! 이것을 거부하라!"

유령은 도시를 향해 팔을 뻗으며 외쳤다.

"너희에게 이렇게 경고해 주는 이들을 욕하고 싶으면 마음껏 욕하라! 당파적인 목적을 위해 무지를 용인하라! 그리하면 곤경에 더더욱 빠져들리라! 그리고 종말이 다가오리라!"

스크루지가 소리쳤다.

"이들을 보호하고 돌봐 줄 곳은 없습니까?"

유령은 마지막으로 스크루지를 돌아보며 스크루지의 말을 인용했다.

"감옥이 있지 않느냐고? 구빈원이 있지 않느냐고?"

12시를 알리는 종소리가 시작되었다.

스크루지는 주변을 두리번거리며 유령을 찾았지만 보이지 않앉다. 마지막 종소리의 떨림이 그치자 제이콥 말리가 일러 준 말이 떠올랐다. 눈을 들어 보니 몸에 긴 천을 두르고 모자를 뒤집어 쓴 유령이 장엄한 모습으로 땅을 떠도는 안개처럼 스르르 다가오고 있었다.

제4장
세 번째 유령

유령은 느릿느릿, 엄숙하게, 소리도 없이 다가왔다. 거리가
가까워지자 스크루지는 무릎을 꿇었다. 유령이 가르고 오는 공
기에서조차 암흑과 신비로움이 퍼져 나오는 듯했기 때문이었다.
새카만 옷을 머리부터 발끝까지 뒤집어 쓴 탓에, 유령의 몸에서
보이는 것이라고는 앞으로 내민 손뿐이었다. 그 손이 없었다면
배경에서 유령의 모습을 떼어 내기가, 다시 말해 주위를 둘러싼
어둠과 유령의 모습을 구분해 내기가 몹시 어려웠을 것이었다.
　유령이 곁에 서자 스크루지는 유령이 키가 크고 기골이 장대
하다는 사실을 깨달았고, 그 신비스러운 분위기 때문에 숨 막히
는 경외감에 휩싸였다. 유령이 말도 하지 않고 움직이지도 않았
기 때문에 더는 알 수 없었다.
　스크루지가 말했다.

"지금 오신 분이 '미래의 크리스마스' 유령님이십니까?"

유령은 대답은 하지 않고 손으로 앞을 가리킬 뿐이었다.

스크루지가 말했다.

"아직 일어나지 않았지만 앞으로 일어날 일의 환영을 보여 주시려는 거군요. 그렇습니까, 유령님?"

유령이 고개라도 기울였는지 옷 윗부분에 주름이 잡혔다. 스크루지가 받은 대답은 그것뿐이었다.

이제는 유령과의 동행에 꽤 익숙해진 스크루지였지만 말없는 이 형체가 몹시 두려워 다리가 후들후들 떨렸고, 막상 유령을 따라가려고 하니 서 있기조차 힘들었다. 유령은 스크루지의 상태를 보고는 잠시 걸음을 멈추고 기운 차릴 시간을 주었다.

그러나 스크루지의 두려움은 더욱 커질 뿐이었다. 저 어두침침한 장막 너머에 자신을 주시하는 으스스한 눈이 있다는 생각을 하면 정체를 알 수 없는 공포로 온몸이 오싹했다. 스크루지는 눈을 최대한 부릅떴지만 유령의 한쪽 손과 그 뒤에 딸린 검고 커다란 물체만 보일 따름이었다.

스크루지가 외쳤다.

"미래의 유령님! 저는 지금껏 만난 어떤 유령보다도 당신이 가장 두렵습니다. 그러나 저에게 도움을 주러 오셨다는 걸 알기에, 그리고 과거와는 다른 삶을 살고 싶기에, 감사하는 마음으로 유령님을 따라가려고 합니다. 그러니 제게 무슨 말씀이든 해 주시지 않겠습니까?"

유령은 아무런 대답이 없었다. 손으로 앞을 똑바로 가리킬 따름이었다.

스크루지가 말했다.

"저를 인도해 주십시오! 인도해 주세요! 밤은 금세 지나갈 테고, 저에겐 정말 귀중한 시간이라는 걸 알고 있습니다. 저를 인도해 주세요, 유령님!"

유령은 스크루지에게 다가왔을 때처럼 스르르 움직였다. 스크루지는 유령의 옷 그림자에 묻혀 따라갔다. 스크루지의 생각에는 그 그림자가 자신을 싣고 옮기는 것 같았다.

런던 시내였지만, 엄밀히 말해 유령과 스크루지가 시내로 들어간 것은 아니었다. 오히려 시내가 주변에서 불쑥불쑥 솟아올라 저절로 둘을 에워싼 것 같았다. 어쨌거나 둘은 런던 시내 한복판, 상품거래소에 서 있었다. 주변에서는 상인들이 주머니에서 동전을 짤랑거리며 바쁘게 종종거렸고, 한데 모여 이야기를 나누는가 하면 시계를 보거나 생각에 잠겨 금으로 만든 커다란 인장을 만지작거리기도 했다. 스크루지에게는 익숙한 풍경이었다.

유령은 사업가들이 약간 모여 있는 곳에 멈춰 섰다. 스크루지는 유령의 손이 그들을 가리킨다는 것을 깨닫고 앞으로 다가가 오가는 대화에 귀를 기울였다.

턱이 무시무시하게 크고 몸이 터질 듯 뚱뚱한 남자가 말했다.

"아니, 나도 자세히는 몰라. 죽었다는 것만 알지."

다른 남자가 물었다.

"언제 죽었다던가?"

"어젯밤일걸."

또 다른 남자가 커다란 코담뱃갑에서 코담배를 한 움큼 꺼내며 물었다.

"대체 무슨 일이 있었던 거야? 천년만년 살 것 같더니만."

처음 말한 뚱뚱한 남자가 하품을 하며 말했다.

"누가 알겠나."

코끝에 혹이 축 늘어져 수컷 칠면조의 턱살처럼 대롱거리는, 얼굴이 붉은 신사가 물었다.

"재산은 어떻게 했다던가?"

턱이 큰 남자가 다시 하품을 하며 말했다.

"들은 얘기가 없네. 아마 자기 회사에 남겼겠지. 나한테 남기진 않았어. 내가 아는 건 그것뿐일세."

이 농담에 모인 사람들이 와자하게 웃음을 터뜨렸다.

농담을 한 남자가 말을 이었다.

"장례식에 돈 들 일이 없겠군. 맹세컨대 내가 아는 사람 중에 장례식에 참석하겠단 사람은 없으니 말일세. 우리 중에서 자발적인 조문객을 좀 뽑아야 하지 않겠나?"

코에 혹이 달린 신사가 말했다.

"점심만 준다면 가도 상관없네만. 가게 되면 꼭 얻어먹어야겠어."

또다시 한바탕 웃음이 터졌다.

턱이 큰 남자가 말했다.

"그럼 내가 이중에서 가장 사심 없는 사람이 되겠군. 난 검은 장갑도 끼지 않고 점심도 먹지 않으니 말일세. 하지만 가겠다는 사람이 있으면 나도 동행하지. 가만 생각해 보면 그 사람이랑 그나마 가까이 지낸 사람이 내가 아닌가 싶어서 말이야. 우린 만날 때마다 걸음을 멈추고 안부 인사를 했거든. 그럼 잘들 가게나!"

말하던 이들도 듣던 이들도 이리저리 흩어져 다른 일행들 틈에 섞였다. 아는 얼굴들이어서 스크루지는 설명을 해 달라는 뜻으로 유령을 돌아보았다.

유령은 스르르 미끄러져 거리로 나섰다. 유령의 손가락은 길에서 만난 두 사람을 가리키고 있었다. 스크루지는 혹시 영문을 알 수 있을지도 모른다는 생각에 또다시 귀를 기울였다.

이번에도 스크루지가 똑똑히 아는 사람들이었다. 둘 다 사업가였는데 몹시 부유하고 세력도 대단한 이들이었다. 스크루지는 그동안 그들의 눈에 잘 보이려고 기를 써왔다. 그러니까 사업적인 관점에서, 단연코 사업적인 관점에서만.

한 사람이 말했다.

"안녕하십니까?"

다른 사람이 대답했다.

"네, 잘 지내셨습니까?"

첫째 사람이 말했다.

"참, 그 돈벌레 영감이 마침내 운명을 달리 했다더군요."

두 번째 사람이 대답했다.

"저도 들었습니다. 날씨가 좀 춥네요."

"크리스마스에 어울리는 날씨지요. 스케이트는 안 타시지요, 아마?"

"네, 안 탑니다. 다른 볼일이 있습니다. 그럼 이만!"

다른 말은 없었다. 둘은 이렇게 만나서 몇 마디 나누고는 헤어져 버렸다.

처음에 스크루지는 유령이 사소하기 짝이 없는 대화를 중요하게 여긴다는 사실이 의아했다. 그러나 숨은 뜻이 있으리라 믿고 그게 뭘까 곰곰 생각하기 시작했다. 제이콥 말리의 죽음과는 관련 있을 것 같지가 않았다. 그것은 과거에 일어난 일이었고 이 유령의 활동 영역은 미래였으니 말이다. 그렇다고 아는 사람 중에 그 이야기의 주인공이 될 법한 인물도 딱히 떠오르지 않았다. 그러나 그 주인공이 누구든, 자신을 개선시켜 줄 교훈이 숨어 있으리란 점에는 의심의 여지가 없었으므로, 스크루지는 보고 듣는 것을 하나하나 소중히 간직하기로 마음먹었다. 특히 자신의 환영이 나타나면 유심히 살펴보기로 결심했다. 미래의 자신이 하는 행동을 보면 놓친 단서를 찾아낼 수도 있고, 이 수수께끼가 쉽게 풀릴 수도 있으니.

스크루지는 자신의 모습을 찾아 그 장소를 두리번거렸다. 그러나 자신이 곧잘 서 있던 구석자리에는 다른 남자가 서 있었다.

시계를 보니 스크루지가 늘 들르던 시간이 되었는데도 현관으로 물밀듯이 밀려들어오는 수많은 사람들 중에 자기 자신과 비슷한 모습은 코빼기도 보이지 않았다. 그러나 그다지 놀랍지는 않았다. 스크루지는 이미 다른 삶을 살기로 굳게 마음먹었고, 그 새로운 결심을 실행한 모습을 이 환영 속에서 볼 수 있으리라 생각했으며, 그러기를 바랐기 때문이었다.

유령은 손을 쭉 내밀고 컴컴한 형체로 말없이 스크루지 옆에 서 있었다. 깊은 상념에서 깨어난 스크루지는 유령의 손이 가리키는 방향과 위치로 보아 그 보이지 않는 두 눈이 자신을 날카롭게 지켜보고 있다는 생각이 들었다. 그러자 몸이 부르르 떨리며 등골이 오싹했다.

둘은 번잡한 장소를 벗어나 외진 구역으로 갔다. 스크루지는 그곳의 열악함과 악명을 익히 들어왔지만 실제로 지나간 적은 없었다. 길은 진흙투성이에다 비좁았다. 가게와 집은 너저분했다. 헐벗은 사람들이 술에 취해 비틀비틀 흉한 꼴로 나다녔다. 골목과 굴다리도 사방에서 보이는 시궁창과 다름없이, 악취와 오물과 생활 쓰레기를 마구 헝클어진 길 위로 토해 냈다. 곳곳마다 범죄와 타락과 빈곤의 악취가 코를 찔렀다.

이 악명 높은 빈민굴 깊숙한 곳에, 달개 지붕 아래로 나직한 입구가 툭 튀어나온 가게가 하나 있었다. 쇠붙이와 낡은 넝마, 빈 병, 뼈다귀, 기름진 고기 찌꺼기 따위를 파는 곳이었다. 가게 안 바닥에는 녹슨 열쇠와 못, 사슬, 돌쩌귀, 손톱 줄, 저울, 저울

추를 비롯해 고철이란 고철은 잔뜩 쌓여 있었다. 산더미처럼 쌓인 흉한 넝마와 썩은 비곗덩어리와 뼈다귀의 무덤에서는 굳이 캐내고 싶어 하는 사람이 없는 비밀들이 남몰래 자라나고 있었다. 낡은 벽돌로 만든 목탄 난로 옆에는 일흔 살은 먹은 듯한 머리 희끗한 늙은 건달이 가게에서 파는 고물 틈바구니에 앉아 있었다. 냉기를 막으려고 잡다한 넝마를 이어 만든 퀴퀴한 커튼이 줄에 걸려 있었다. 노인은 파이프 담배를 뻐끔거리며 평온한 은둔 생활을 한껏 만끽했다.

스크루지와 유령이 그 노인 곁으로 다가갔을 때, 무거운 짐을 진 여자가 가게로 살그머니 들어왔다. 그런데 그 여자가 다 들어서기도 전에 다른 여자가 비슷한 짐을 들고 들어왔다. 바로 뒤이어 빛바랜 검은색 옷을 입은 남자가 들어왔는데, 두 여자가 서로를 알아보고 놀란 것 못지않게 남자 역시 깜짝 놀랐다. 파이프를 문 노인까지 합세해 당황한 시선을 주고받았지만, 곧 세 손님은 한바탕 웃음을 터뜨렸다.

맨 처음 들어온 여자가 말했다.

"청소부가 먼저예요! 세탁부가 그 다음이고 장의사가 세 번째 죠! 조 영감님 완전 땡 잡으셨네! 작정한 것도 아닌데 셋이 여기서 이렇게 만나다니!"

조 영감은 입에서 파이프를 빼며 말했다.

"이런 만남에 여기보다 더 좋은 장소가 있을라고. 응접실로 가세들. 자네야 진즉부터 두 팔 벌려 환영이지. 다른 두 사람도 처음은 아니고. 가게 문을 닫을 테니까 잠시만 서 있어. 아, 왜 이리 삐걱거려! 우리 가게에 이놈의 돌쩌귀만큼 녹슨 고철 조각도 없을 거야. 내 뼈다귀만큼 낡아빠진 뼈도 없고 말이야. 하하! 이게 우리 천직이지, 암. 손발도 착착 맞고. 응접실로 가자고, 응접실로."

응접실이란 넝마 커튼 뒤에 있는 공간이었다. 노인은 낡은 양탄자 누르개로 난로 속을 들쑤시고, (밤이 되어 캄캄했으므로) 파이프 끝으로 연기가 자욱한 등잔불을 다듬고는 다시 파이프를 입에 물었다.

그동안 조금 전에 말을 했던 여자가 짐을 바닥으로 툭 던지고 보란 듯이 의자에 주저앉았다. 무릎 위로 팔짱을 끼더니 우습다는 듯이 거만하게 다른 둘을 노려보았다.

그 여자가 말했다.

"그래서 어쨌다는 거야! 그래서 어쨌다는 거냐고, 딜버 부인? 누구나 제 몸을 챙길 권리는 있잖아. 그 작자는 허구한 날 그랬다고!"

세탁부가 말했다.

"누가 아니래요? 그 노인네보다 더 고약한 사람이 있을라고요."

"그럼 겁먹은 인간처럼 가만 서서 눈만 말똥거리지 좀 마! 누가 더 잘났을까? 우린 서로 약점이나 잡으려고 온 게 아니잖아?"

딜버 부인과 남자가 입을 모아 외쳤다.

"설마, 그럴 리가요! 아니고말고요."

여자가 소리 높여 말했다.

"그럼 됐어! 그걸로 됐다고. 이런 잡동사니 몇 개 없어졌다고 누가 야단이라도 떨겠어? 죽은 사람은 더더욱 아니지."

딜버 부인이 까르르 웃으며 말했다.

"제 말이 그 말이에요!"

여자가 다시 말했다.

"지독한 구두쇠 영감탱이, 죽은 다음에도 재산을 지키고 싶었으면 생전에 좀 똑바로 하지! 그랬음 죽을 지경이 됐을 때 누군가 돌봐 줬을 거 아냐. 외롭게 혼자 누워서 헐떡이다 꼴까닥하진 않았을 거라고."

딜버 부인이 말했다.

"정말이지 지당한 말씀이에요. 그 영감탱이는 천벌을 받은 거예요."

여자가 말했다.

"난 그 영감이 좀 더 끔찍한 벌을 받길 바랐어. 정말 그랬어야 했는데. 그럼 다른 것에도 손을 댈 수 있었을 거야. 조 영감, 저 보따리 열어 보고 값이나 읊어 봐요. 똑똑히 말해 달라고요. 내 걸 먼저 풀어도 상관없어. 저 사람들이 보고 있어도 겁날 것 없고. 다들 여기서 만나기 전에 슬쩍해 온 걸 다 아니까, 뭐. 이건 죄라고 할 수도 없지. 보따리 풀어 봐요, 조 영감."

그러나 여자의 용감한 친구들은 그러도록 내버려 두지 않았다. 빛바랜 검은 옷을 입은 남자가 먼저 나서서 훔친 물건을 내놓았다. 대단한 것들은 아니었다. 도장 한두 개, 필통 한 개, 커프스단추 한 쌍, 별 값어치도 안 나가는 브로치 하나가 전부였다. 조 영감은 물건을 하나씩 살펴보고 값을 정한 다음, 분필로 물건마다 줄 수 있는 값을 벽에 적고 더 나올 것이 없자 값을 모두 더했다.

　조 영감이 말했다.

　"이게 자네 물건 값이야. 날 삶아 죽인다고 해도 6펜스 이상 얹어 줄 수는 없어. 다음은 누구야?"

　딜버 부인이 나섰다. 침대보와 수건, 약간 낡은 옷, 케케묵은 은제 찻숟가락, 설탕 집게 하나, 장화 몇 켤레. 조 영감은 이번에도 전과 똑같은 방식으로 물건 값을 벽에 적었다.

　조 영감이 말했다.

　"난 여자들한테는 너무 후하다니까. 그 약점 때문에 손해 보기 일쑤지. 이게 당신 물건 값이야. 한 푼이라도 더 달라고 하거나 대놓고 의심하면, 인심 쓴 걸 후회하고 반 크라운 깎을 테니까."

　맨 처음 도착한 여자가 말했다.

　"자, 이제 내 걸 풀어 봐요, 영감."

　조 영감은 보따리를 좀 더 편하게 풀려고 무릎을 꿇었다. 몇 번이나 꽁꽁 묶인 매듭을 풀고는 둘둘 말린 검은 물건을 끄집어

냈다. 크고 묵직했다.

조 영감이 말했다.

"이게 뭐야, 침대 커튼이잖아!"

여자가 웃음을 터뜨리고 팔짱을 낀 채 몸을 내밀며 대답했다.

"그래요! 침대 커튼!"

조 영감이 말했다.

"설마, 죽은 늙은이가 침대에 누워 있는데 커튼이며 고리며 몽땅 떼어왔다는 말은 아니지?"

여자가 대답했다.

"그렇게 했어요. 왜, 안 돼요?"

조 영감이 말했다.

"부자가 될 재능을 타고났구먼. 반드시 그렇게 될 거야."

여자가 차갑게 말했다.

"손만 뻗으면 뭐든 가질 수 있는데, 그런 영감쟁이 때문에 가만히 있을 수는 없잖아요? 알아 두시라고요, 조 영감님. 아, 그 담요에 기름 떨어뜨리지 마요."

조 영감이 물었다.

"그 노인네 담요야?"

여자가 대꾸했다.

"그럼 누구 거겠어요? 막말로 이젠 그깟 담요 없다고 감기 걸릴 일도 없잖아요."

조 영감은 하던 일을 멈추고 고개를 들었다.

"전염병 같은 걸로 죽진 않았겠지, 응?"

여자가 대답했다.

"그런 걱정일랑 마세요. 그 작자랑 같이 있는 것도 싫어하던 난데, 전염병 따위가 있었다면 이런 걸 가져오려고 주변에서 얼쩡거렸겠어요? 하! 그 셔츠를 살펴보고 싶으면 어디 눈알이 빠지도록 해 봐요. 그래 봤자 구멍은 고사하고 실밥이 터진 곳도 없으니. 그 영감 옷 중에서 제일 괜찮고 질 좋은 거라고요. 내가 아니었음 그냥 쓸모없이 사라졌을걸."

조 영감이 말했다.

"쓸모없이 사라지다니, 무슨 뜻이야?"

여자가 웃음을 터뜨리며 말했다.

"분명 그 옷을 입은 채로 묻혔을 테니까. 어떤 멍청이가 입혀 뒀더라니까. 하지만 내가 다시 벗겼지. 그런 데야 옥양목이 최고잖아요. 안 그럼 옥양목을 어디다 쓰겠어요? 시체에 옥양목이면 안성맞춤이지. 그걸 입혔다고 더 추해 보이는 것도 아닌데."

오가는 이야기를 듣던 스크루지는 소름이 끼쳤다. 노인의 어스레한 등잔 불빛 아래 모여 앉아 약탈품을 늘어놓는 사람들의 모습을, 스크루지는 몸서리치며 바라보았다. 시체를 사고파는 음탕한 악마들이라도 이보다 더 역겹진 않았으리라.

조 영감이 돈을 보관하는 플란넬 가방을 꺼내 물건값으로 치를 돈을 바닥에서 세자 좀 전에 말한 여자가 웃음을 터뜨렸다.

"하하! 결국 이렇게 끝나는걸! 살아 있을 땐 곁에 아무도 얼씬 못하게 겁을 잔뜩 주더니만 죽으니까 이렇게 우릴 도와주네. 하하하!"

스크루지가 머리부터 발끝까지 부들부들 떨며 말했다.

"유령님! 알겠습니다, 알겠어요. 저도 이 불행한 남자 같은 처지가 될 수도 있단 말씀이시죠. 지금 같아선 그리되기 십상이지요. 오, 자비로우신 하느님, 이게 대체 무슨 일입니까!"

스크루지는 겁에 질려 움찔했다. 어느새 장면이 바뀌어 침대에 부딪힐 뻔했던 것이다. 침대에는 이불도 커튼도 없었고 너덜너덜한 침대보를 뒤집어 쓴 뭔가가 놓여 있었다. 그것은 소리는 내지 않았지만 소름끼치는 언어로 자신의 존재를 알리고 있었다.

방은 몹시 어두웠다. 스크루지는 대체 어떤 방인지 알고 싶은 은밀한 충동에 사로잡혀 방을 둘러보았지만, 너무 캄캄해서 뭐 하나 제대로 보이지 않았다. 바깥에서 들어온 희미한 빛줄기가 침대로 곧장 떨어졌다. 그리고 침대 위에는 모든 것을 도둑맞고 빼앗겼으며, 지켜 주는 이도, 슬퍼해 주는 이도, 돌봐 주는 이도 없는 남자의 시신이 놓여 있었다.

스크루지는 유령을 힐끗 보았다. 흔들림 없는 유령의 손은 시체의 머리 부분을 가리키고 있었다. 침대보가 아무렇게나 덮여 있었기 때문에 스크루지가 있는 쪽에서 손가락을 하나 까딱해 천을 살짝 들기만 해도 시체의 얼굴이 드러날 터였다. 손쉬워 보이기도 하고 그러고 싶은 마음도 굴뚝같아서 스크루지는 한번

해 볼까 생각했다. 그러나 곁에 있는 유령을 떼어 낼 힘도 없는
데 천을 벗겨 낼 힘은 더더욱 없었다.

오, 냉혹하고 엄격하며 두려운 죽음이여, 이곳에 그대의 재단
을 쌓고 그대가 자유자재로 부리는 공포로 재단을 장식하라. 이
곳은 그대의 영토이니! 사랑과 존경과 추앙을 받는 이의 머리에
서는 그대의 무시무시한 목적에 따라 머리카락 한 올도 바꿀 수
없으며 얼굴의 어느 부분도 추하게 만들지 못하리라. 그의 손은
무거워서 놓으면 떨어지는 것이 아니다. 그의 심장과 맥박은 멈
추지 않으리라. 그의 손은 대범하고 관대하며 진실했다. 심장은
용맹스럽고 따뜻하며 다정했다. 맥박에는 인간다움이 깃들어 있
었다. 공격하라, 어둠이여, 공격해 보아라! 그의 상처에서 선행
이 용솟음쳐 세상에 영생의 씨앗을 뿌리는 광경을 보게 되리라.

스크루지의 귀에 이런 말을 들려준 이는 없었지만, 침대를 응
시하노라니 그 말이 들려왔다. 스크루지는 궁금했다. 이 남자가
지금 일어날 수 있다면 가장 먼저 어떤 생각을 할까? 탐욕을 부
리고 인정머리 없이 굴며 근심 걱정에 골몰할까? 그 덕분에 이
토록 화려한 죽음을 맞이한 게 아닌가!

그 남자는 어둡고 텅 빈 집에 누워 있었다. 남자건 여자건 어
린 아이건, 생전에 이러저러하게 도움을 입었다거나 따뜻한 말
한마디 건네주었으니 나도 좋은 마음으로 보내 드려야겠다고 말
하며 곁을 지키는 사람이 아무도 없었다. 고양이 한 마리가 문을
긁어댔고, 난로 바닥 밑에서는 쥐들이 갉작거리는 소리가 들렸

다. 저들이 죽음의 방에서 뭘 찾고 있으며, 왜 저렇게 불안해서 안절부절못하는지, 스크루지는 생각해 볼 엄두도 내지 못했다.

스크루지가 말했다.

"유령님! 여긴 정말 무서운 곳입니다. 여길 떠나도 여기서 얻은 교훈은 절대 잊지 않겠습니다. 정말입니다. 그러니 어서 떠납시다!"

그러나 유령은 손가락을 움직이지 않고 시신의 머리를 가리켰다.

스크루지가 말했다.

"무슨 말씀이신지 압니다. 할 수만 있다면 저도 할 겁니다. 하지만 그럴 힘이 없습니다, 유령님. 힘이 없어요."

유령은 이번에도 스크루지를 빤히 바라보는 것 같았다.

스크루지는 괴로워 어쩔 줄 모르며 말했다.

"이 마을에 이 남자의 죽음 때문에 어떤 감정이든 느낀 사람이 있다면, 그 사람을 저에게 보여 주십시오, 유령님. 제발!"

유령은 스크루지의 앞에서 검은 옷자락을 날개처럼 잠깐 펼쳤다가 접었다. 그러자 햇빛이 비치는 방이 나타났고, 엄마와 아이들이 보였다.

여자는 누군가를 몹시 애타게 기다리고 있는 모양이었다. 방을 서성거리고 소리만 들리면 흠칫 놀랐다. 창밖을 내다보다가 벽시계를 흘끔거렸다. 바느질을 해 보려고 했으나 소용이 없었고 뛰어노는 아이들의 목소리마저 참아 내지 못할 정도였다.

마침내 기다리고 기다리던 노크소리가 들렸다. 여자는 허둥지둥 문으로 달려가 남편을 맞았다. 남자는 젊었지만 근심에 찌들고 우울한 얼굴이었다. 그러나 지금은 그 얼굴에 평소와 다른 표정이 드러나 있었다. 진심으로 기쁘지만 그런 감정을 느낀다는 것이 부끄러워서 가까스로 억누르는 듯했다.

남자는 자신을 위해 난롯가에 차려진 저녁을 먹으려고 자리에 앉았다. 아내가 (한참 입을 다물고 있다가) 머뭇거리며 무슨 일이냐고 묻자, 남자는 어떻게 대답해야 할지 몰라 당황한 것 같았다.

여자는 남편을 거들어 주려고 말했다.

"좋은 소식이에요, 아님 나쁜 소식?"

남자가 말했다.

"나쁜 소식이야."

"우리 파산한 거예요?"

"아니. 아직 희망은 있어, 캐롤라인."

여자가 깜짝 놀라며 말했다.

"그 영감 마음이 누그러진다면야 희망이 있겠죠. 그런 기적이 일어난다면 희망이 있을 텐데."

남편이 말했다.

"누그러지기엔 늦었어. 죽었거든."

얼굴이 진심을 말해 주는 거라면, 여자는 온화하고 인내심 많은 사람이었다. 그러나 여자는 그 소식을 듣는 순간 마음속으로 다행이라고 생각했으며, 두 손을 맞잡고 잘됐다고 말했다. 물론 곧바로 용서를 빌며 안됐다고 말하기는 했지만 처음 보인 반응이야말로 진심에서 우러난 것이었다.

"어젯밤에 내가 얘기한, 반쯤 취한 여자가 한 말은 결국 사실이었어. 그 영감을 만나서 기한을 일주일만 늦춰 보려고 했는데, 날 따돌리려고 핑계를 대는 줄 알았지. 그때 심하게 아프기만 했던 게 아니라 죽어 가고 있었던 거야."

"우리 빚은 누구한테 넘어갈까요?"

"모르겠어. 하지만 그전에 돈을 마련해 둬야지. 돈을 마련하지 못했는데 다음 채권자도 그렇게 무자비한 사람이면, 운이 지지리도 없는 거지. 어쨌든 오늘 밤은 두 다리 쭉 뻗고 자도 되겠어, 캐롤라인!"

맞는 말이었다. 아무리 억누르려 해도, 두 사람의 마음은 한층 가벼워졌다. 무슨 말인지 알아듣지도 못하면서 숨을 죽이고 부모를 둘러싸고 있던 아이들의 표정도 환해졌다. 그 남자의 죽음으로 이 집은 더욱 행복해진 것이다! 그 남자의 죽음이 불러일으킨 감정은 기쁨뿐이었다. 유령이 보여 줄 수 있는 것은 그게 전부였다.

스크루지가 말했다.

"이 죽음 때문에 안타까워하는 사람이 있으면 보여 주십시오. 그렇지 않으면 유령님, 우리가 좀 전에 떠나온 그 깜깜한 방의 모습이 언제까지나 제 머릿속에서 맴돌 겁니다."

유령은 스크루지를 데리고 눈에 익은 여러 거리를 지나갔다. 스크루지는 유령과 걸어가며 미래의 자신을 찾으려고 여기저기 두리번거렸지만 어디에서도 보이지 않았다. 유령과 스크루지는 가난한 밥 크래칫의 집으로 들어갔다. 전에 찾아갔던 집이었다. 크래칫 부인과 자녀들이 난롯가에 둘러 앉아 있었다.

조용했다. 숨소리 하나 들리지 않았다. 소란스러운 어린 크래칫 남매조차 돌처럼 꼼짝 않고 한쪽 구석에 앉아서, 앞에 책을 펼쳐 둔 피터를 올려다보았다. 어머니와 딸들은 바느질에 여념이 없었다. 그러나 이상할 정도로 조용했다!

"어린 아이 하나를 데려다가 그들 가운데 세우시고."(*신약성서 마가복음 9장 36절.)

저 말을 어디에서 들었더라? 꿈을 꾼 것은 아니었다. 스크루지와 유령이 문지방을 넘을 때 피터가 소리 내어 읽은 것이 분명했다. 왜 계속 읽지 않는 걸까?

크래칫 부인이 탁자에 바느질감을 내려놓고 손으로 얼굴을 가렸다.

크래칫 부인이 말했다.

"이 색깔 때문에 눈이 아프구나."

색깔이라니? 아, 가여운 꼬마 팀!

크래칫 부인이 말했다.

"이젠 좀 괜찮아졌네. 촛불 아래서 하다 보니 눈이 침침해지는구나. 무슨 일이 있어도 집에 돌아온 너희 아빠를 충혈된 눈으로 맞이하고 싶진 않은데 말이야. 오실 때가 다 됐을 거야.”

피터가 책을 탁 덮으며 말했다.

“벌써 지났어요. 그런데 요 며칠 저녁은 아버지 발걸음이 전보다 좀 느려진 것 같아요, 엄마.”

가족들은 다시 말이 없어졌다. 마침내 크래칫 부인이 단 한 번 머뭇거렸을 뿐 차분하고 유쾌한 목소리로 말했다.

“아빠의 발걸음은…… 아빠의 발걸음은 원래 무척 빨랐어. 꼬마 팀을 어깨에 태우고 걸어오실 때는.”

피터가 외쳤다.

“저도 알아요. 자주 그러셨죠.”

다른 아이가 외쳤다.

“저도 알아요!”

모두 아는 사실이었다.

크래칫 부인은 다시 바느질에 몰두하며 말했다.

“하지만 그 앤 정말 가벼웠어. 게다가 아빤 그 애를 무척 사랑했으니 무거운 줄도 몰랐던 거야. 그랬어. 아빠 오셨나 보다!”

크래칫 부인은 서둘러 남편을 맞으러 갔다. 그리고 목도리를 두른 왜소한 밥이 들어왔다. 불쌍한 친구, 그에겐 목도리가 필수품이었다. 벽난로 시렁에는 밥이 마실 차가 마련되어 있었고, 아이들은 차 마시는 아빠의 시중을 들려고 앞을 다투었다. 그러다 어린 크래칫 남매가 아빠의 양쪽 무릎에 올라앉아 ‘걱정 마세요, 아빠. 슬퍼하지 마세요!’라고 말하는 듯 조그만 뺨을 아빠의 얼굴에 비벼 댔다.

덕분에 기분이 매우 좋아진 밥은 가족 모두에게 명랑한 목소리로 말을 걸었다. 탁자에 놓아둔 바느질감을 보더니 크래칫 부인과 딸들이 부지런하고 재빠르다고 칭찬했다. 일요일이 되기훨씬 전에 끝나겠다고 말했다.

밥의 아내가 말했다.

"일요일이라고요! 그럼 오늘 갔다 왔군요, 밥?"

"그래, 여보. 당신도 같이 갔으면 좋았을 텐데. 그곳이 얼마나 푸르른지 보고 좋아했을 텐데. 하지만 앞으로 자주 보게 될테지. 아이에게 일요일마다 가겠다고 약속했거든. 아, 내 사랑스러운, 사랑스러운 아들!"

밥은 털썩 무너졌다. 어쩔 수가 없었다. 어쩔 수 있었다면, 지금처럼 아이를 집에 가까이 두지도 않았으리라.

밥은 방을 나가서 계단을 올라 위층에 있는 방으로 갔다. 그곳에는 불이 환히 밝혀져 있고 크리스마스 장식이 걸려 있었다. 아이 바로 옆에는 의자가 하나 있었는데, 최근까지 누군가 앉은흔적이 있었다. 불쌍한 밥은 그 의자에 앉아 잠시 생각에 잠겨마음을 가라앉힌 다음, 아이의 작은 얼굴에 입을 맞추었다. 가족에게 닥친 이 일을 받아들이기로 하고, 다시 기운을 되찾아 아래층으로 내려갔다.

가족들은 난롯가에 둘러앉아 도란도란 이야기를 나누었다. 엄마와 딸들은 바느질감을 놓지 않았다. 밥은 가족들에게 스크루지의 조카가 보기 드문 친절을 보여 주었다고 말했다. 고작 한 번밖에 만난 적이 없는데 그날 거리에서 마주쳤을 때 기운이 없어 보이는, 그러니까 당사자인 밥의 말대로라면 '아주 약간 기운이 없어 보이는' 모습을 보고는 괴로운 일이라도 있느냐고 물었다는 것이었다.

"얼마나 싹싹하게 굴던지, 난 사정을 털어놓았지. 그랬더니 '저도 정말 마음이 아픕니다, 크래칫 씨. 훌륭한 아내 분께도 위로를 전해 주십시오.'라고 하더군. 말이 나왔으니 말인데, 그 사람이 그걸 어떻게 알았는지 모르겠단 말이야."

"뭘 말이에요, 여보?"

밥이 대답했다.

"뭐긴, 당신이 훌륭한 아내라는 사실 말이오."

피터가 말했다.

"그걸 모르는 사람은 없을걸요."

밥이 외쳤다.

"말 한번 잘했다, 아들아! 정말 그랬으면 좋겠구나. 계속 하자면 '훌륭한 아내 분께도 위로를 전해 주십시오.'라고 하더니 명함을 주면서 그러는 거야. '혹시라도 제가 도와드릴 일이 있으면 여기로 연락 주십시오. 제 주소입니다.' 그 사람이 우리한테 뭘 해 줄 수 있어서가 아니라 그렇게 마음을 써 주니 마음이 얼마나 뭉클했는지 몰라! 꼭 우리 꼬마 팀을 알고 있어서 우리처럼 마음 아파하는 것만 같았다니까."

크래칫 부인이 말했다.

"정말이지 선량한 분이네요!"

밥이 대답했다.

"그 양반을 만나서 얘기해 보면 더 확실히 알게 될 거요. 내 말 잘 들어요. 그 사람이 피터에게 더 좋은 일자리를 주선해 준다고 해도 조금도 놀랍지 않을 것 같아."

크래칫 부인이 말했다.

"피터, 잘 들어두렴."

딸 하나가 말했다.

"그럼 피터 오빠는 연애도 하고 결혼도 해서 가정을 꾸리겠네."

피터가 싱글거리며 대꾸했다.

"말도 안 되는 소리!"

밥이 말했다.

"말이 안 되는 건 아니다. 한참 더 있어야겠지만 언젠간 그렇게 될 거다. 하지만 언제 어떻게 헤어지든, 우리 중 누구도 가여운 꼬마 팀과 우리가 처음으로 겪는 이 이별을 잊지 않을 거라 믿는다. 그렇지?"

모두 한목소리로 외쳤다.

"물론이에요, 아빠!"

밥이 말했다.

"그리고 얘들아, 아빠 또 믿는 게 있어. 꼬마 팀은 정말 작은 아이였지만 얼마나 인내심이 강하고 온순했니! 그걸 기억한다면 우린 꼬마 팀을 잊어버리고 쉽게 말다툼을 하진 않을 거다."

모두 다시금 입을 모아 외쳤다.

"절대 그러진 않을 거예요, 아빠!"

왜소한 밥이 말했다.

"아빤 정말 행복하구나, 정말 행복해!"

크래칫 부인은 남편에게 입을 맞추었고 딸들과 어린 크래칫 남매도 아빠에게 입을 맞추었다. 피터는 아빠와 악수를 나누었다. 꼬마 팀의 영혼이여, 네 아이다운 천진난만함은 하늘이 주신 것이었구나!

스크루지가 말했다.

"유령님, 왠지 유령님과 헤어질 시간이 가까이 왔다는 생각이 듭니다. 어떻게 헤어지게 될지는 모르겠지만 말입니다. 그러니 말씀해 주십시오. 아까 본 죽은 남자는 누구였습니까?"

미래의 크리스마스 유령은 전과 마찬가지로 스크루지를 상인들이 북적대는 곳으로 데려갔다. 하지만 시간대가 다른 것 같았다. 이 미래 장면들은 미래라는 점을 빼면 순서가 뒤죽박죽인 듯했다. 미래의 스크루지는 도무지 보이지가 않았다. 사실 유령은 어디에서도 멈추지 않고 당장 가야 할 목적지가 있는 것처럼 앞으로만 쭉쭉 나아갔다. 스크루지가 잠깐 기다려 달라고 애원할 때까지.

스크루지가 말했다.

"지금 우리가 바쁘게 지나가는 이 구획에 제가 일하는 사무실이 있습니다. 아주 오랫동안 이곳을 지켰지요. 그 건물이 보입니다. 미래에 제 모습이 어떨지, 보게 해 주십시오."

유령은 걸음을 멈췄다. 그리고 손으로 다른 곳을 가리켰다.

스크루지가 외쳤다.

"건물은 저쪽에 있는데, 왜 다른 곳을 가리키십니까?"

단호한 손가락은 한 치의 흔들림도 없었다.

스크루지는 얼른 사무실 창가로 뛰어가 안을 들여다보았다. 아직 사무실로 쓰이고 있었지만 스크루지의 사무실은 아니었다. 비품도 바뀌었고 의자에 앉은 사람도 스크루지가 아니었다. 유령은 변함없이 다른 곳을 가리키고 있었다.

스크루지는 유령에게 되돌아갔다. 미래의 자신이 왜, 어디로 가 버린 건지 궁금해하면서 유령을 따라가다 보니 철문이 나왔다. 스크루지는 들어가기 전에 걸음을 멈추고 주위를 둘러보았다.

교회 묘지였다. 그렇다면 이제 곧 이름이 밝혀질 그 불쌍한 남자가 이곳 땅속에 묻혀 있다는 뜻이었다. 그 남자와 어울리는 장소였다. 집들에 둘러싸여 사방이 막혀 있었다. 초목의 생명이 아닌 죽음을 먹고 자란 잡초만 무성했다. 빽빽한 무덤 때문에 숨이 턱 막히고, 생전에 실컷 채운 욕망으로 기름진 곳. 정말이지 그 남자와 딱 어울리는 장소였다!

유령은 무덤 사이에 서서 어느 한 곳을 가리켰다. 스크루지는 덜덜 떨면서 그쪽으로 다가갔다. 유령은 그때까지와 똑같은 모습이었지만, 스크루지는 유령의 장엄한 모습에 뭔가 새로운 뜻이 담겨 있음을 깨닫고 두려움에 몸서리쳤다.

스크루지가 말했다.

"유령님이 가리키신 저 묘비에 가까이 가기 전에 한 가지만 대답해 주십시오. 이 환영들은 반드시 일어날 일입니까, 아니면 그저 일어날 수도 있는 일입니까?"

그러나 유령은 옆에 있는 무덤을 가리키기만 할 따름이었다.

스크루지가 말했다.

"사람이 인생길을 걸으면서, 끝까지 그 길을 고집한다면 어떤 종착지에 이르게 될지는 뻔한 일입니다. 그러나 그 길에서 벗어나면 종착지도 달라질 것입니다. 그러니 유령님이 보여 주시는 것들도 그렇게 될 거라고 말씀해 주십시오!"

유령은 언제나처럼 움직이지 않았다.

스크루지는 와들와들 떨며 무덤 쪽으로 기어갔다. 유령의 손가락이 가리키는 대로, 방치된 묘지의 비석에 적힌 이름을 읽었다. 자신의 이름이었다. 에브니저 스크루지.

스크루지는 털썩 주저앉으며 외쳤다.

"그 침대에 누워 있던 남자가 저란 말입니까?"

무덤을 가리키던 유령의 손가락은 스크루지를 향했다가 다시 무덤을 가리켰다.

"안 됩니다, 유령님! 오, 안 돼요, 안 돼!"

유령의 손가락은 꿈쩍도 하지 않았다.

스크루지는 유령의 옷자락에 힘껏 매달리며 소리쳤다.

"유령님! 제 말 좀 들어 보세요! 전 예전의 제가 아닙니다. 이렇게 유령님을 만나지 않았다면 되고 말았을 그런 사람이 되지 않겠습니다. 저에게 희망이 아예 없다면 왜 이런 광경을 보여 주시는 겁니까?"

처음으로 유령의 손이 떨리는 것 같았다.

스크루지는 유령 앞에 와락 엎드려 부르짖었다.

"자비로우신 유령님! 자비를 베풀어 저를 불쌍히 여기시고 제발 선처해 주십시오. 제가 새사람이 되면 유령님이 보여 주신 이 환영이 바뀔 거라고 분명히 말씀해 주십시오!"

유령의 자비로운 손이 부르르 떨렸다.

"크리스마스를 진심으로 기리며, 1년 내내 크리스마스 때처럼 살겠습니다. 과거와 현재와 미래를 늘 생각하며 살겠습니다. 제 마음속에 계신 세 유령님이 도와주시겠지요. 유령님들이 가르쳐 주신 교훈을 절대 놓치지 않겠습니다. 오, 제발 이 묘비에 적힌 이름을 지울 수 있다고 말씀해 주세요!"

스크루지는 고통에 몸부림치며 유령의 손을 붙잡았다. 유령은 손을 빼내려 했지만, 간절하고 다급한 마음에 힘이 세진 스크루지는 유령의 손을 놓치지 않았다. 그러나 힘이 더 강한 유령은 결국 스크루지를 뿌리치고 말았다.

스크루지가 두 손을 모아 운명이 바뀌게 해 달라고 마지막으로 빌고 있는데, 유령의 모자와 옷이 점점 변하기 시작했다. 유령은 오그라들고 무너지며 차츰 작아지더니 결국 침대 기둥으로 변해 버렸다.

제5장
마지막 이야기

그랬다! 다름 아닌 스크루지의 침대 기둥이었다. 침대도 스크루지의 침대였고, 방도 스크루지의 방이었다. 무엇보다 반갑고 기쁜 점은 스크루지 앞에 시간이 펼쳐져 있다는 사실이었다. 그동안 저지른 잘못을 바로잡을 시간이!

스크루지는 침대에서 내려오며 유령에게 했던 말을 되풀이했다.

"과거와 현재와 미래를 늘 생각하며 살겠습니다! 제 마음속에 계신 세 유령님이 도와주시겠지요. 오, 제이콥 말리! 이런 일을 행하신 하느님과 크리스마스를 찬양하라! 난 무릎을 꿇고 이 말을 하고 있다네, 제이콥. 무릎을 꿇고 말이야!"

심장이 고동치고 선한 마음이 솟구쳐 올라 목소리가 갈라지며 마음껏 소리칠 수가 없었다. 유령에게 매달리며 어찌나 꺽꺽

흐느꼈던지, 얼굴은 눈물범벅이었다.

스크루지는 침대 커튼 한쪽을 두 팔로 감싸며 소리쳤다.

"뜯어가지 않았구나! 고리든 뭐든 다 그대로야. 여기 그대로! 나도 여기 있고. 혹시 일어날지도 모르는 일들의 환영은 없애 버리면 될 거야. 그렇게 만들어야지. 반드시 그렇게 될 거야!"

그러는 동안 스크루지의 두 손은 옷을 만지작거리느라 쉴 틈이 없었다. 옷을 뒤집었다가, 위아래를 바꿔 입었다가, 천을 북 찢어 버렸다가, 엉뚱한 데 걸치는 등 옷으로 할 수 있는 온갖 우스운 짓은 다 했다.

스크루지는 울고 웃으며 양말을 신다가 영락없이 라오콘(*아폴로를 섬기는 신관으로, 트로이 전쟁 때 그리스 군이 만든 목마를 성 안으로 끌어들이는 것을 반대하다 포세이돈이 보낸 뱀들에게 두 아들과 함께 목이 졸려 죽었다.) 같은 꼴이 되어 이렇게 외쳤다.

"뭘 어떻게 해야 될지 모르겠네! 깃털처럼 몸이 가볍고, 천사처럼 행복하고, 아이처럼 즐거운걸! 술 취한 사람처럼 어지럽고 말이야. 여러분, 메리 크리스마스! 온 세상 사람들이여, 새해 복 많이 받으시길! 만세! 신 난다! 야호!"

거실로 들썩들썩 뛰어간 스크루지는 숨을 헉헉 몰아쉬며 순식간에 거실로 들어섰다.

"저 냄비에는 귀리죽이 들어 있었지!"

스크루지는 이렇게 외치고 다시 깡충깡충 뛰며 난로 주변을 돌아다녔다.

"저 문으로 제이콥 말리의 유령이 들어왔어! 현재의 크리스마스 유령님은 저 구석에 앉았지! 저 창문으로 떠돌아다니는 유령들이 보였고! 맞아, 모두 사실이야! 모두 진짜 일어났던 일이야! 하하하!"

그토록 오랜 세월 웃는 연습을 하지 않았던 사람치고는, 정말 멋지고도 명쾌한 웃음이었다. 대대손손 이어질 환한 웃음의 시조랄까!

스크루지가 말했다.

"오늘이 며칠인지 모르겠군! 유령님들과 얼마 동안 있었는지도 모르겠어. 아무것도 모르겠어. 아기로 돌아간 기분이야. 상관없지, 상관없고말고. 아기가 되면 좋지, 뭐. 어이! 신 난다! 야호!"

스크루지는 교회에서 지금까지 들어 보지 못한 활기찬 종소리가 들리자 무아지경에서 깨어났다. 뎅뎅, 뎅그렁, 쿵, 딩, 댕, 동, 딩, 댕, 동, 쿵, 뎅그렁, 뎅뎅! 오, 아름답고 찬란하도다!

스크루지는 창가로 달려가 창문을 열고 고개를 내밀었다. 뿌연 안개도, 옅은 안개도 없었다. 맑고 밝고 화창하고 활기차고 추웠다. 온몸의 피가 펄떡펄떡 춤출 정도로 추운 날씨였다. 황금빛 햇살, 푸르른 하늘, 달콤하고 상쾌한 공기, 즐거운 종소리. 오, 아름답고 찬란하도다!

"오늘이 며칠이냐?"

스크루지는 나들이옷을 차려입은 소년에게 외쳤다. 소년은 빈둥거리며 아무 데나 두리번거리고 있던 모양이었다.

소년은 깜짝 놀라며 대답했다.

"네?"

스크루지가 말했다.

"꼬마 신사야, 오늘이 며칠이냐고!"

소년이 대답했다.

"오늘이요? 크리스마스잖아요."

"크리스마스라고! 놓치지 않았구나. 유령님들은 하룻밤 사이에 그 모든 일을 하신 거야. 맘만 먹으면 뭐든 할 수 있는 분들이지. 암, 그렇고말고. 당연한 얘기야. 이봐, 꼬마 신사!"

"왜요?"

스크루지가 물었다.

"너 다음 다음 거리 모퉁이에 있는 고깃간 아느냐?"

소년이 대답했다.

"알 것 같아요."

스크루지가 말했다.

"똑똑한 녀석이네! 대단한 녀석이야! 거기 걸려 있던 최상품 칠면조 고기 팔렸더냐? 작은 놈 말고, 큰 놈 말이야!"

소년이 되물었다.

"음, 저만큼이나 큰 거 말씀이세요?"

스크루지가 말했다.

"정말 싹싹한 녀석일세! 얘길 하다 보니 기분이 좋아져. 그래, 애야!"

소년이 대답했다.

"그대로 있던데요."

스크루지가 말했다.

"그래? 가서 좀 사 오너라."

소년이 외쳤다.

"농담 마세요!"

스크루지가 말했다.

"아니, 농담이 아니야. 진심이야. 얼른 가서 사 오너라. 여기로 가져오면 어디로 배달할지 일러 주겠다고 전해. 배달부를 데려오면 1실링 주마. 5분 안에 데려오면 반 크라운 주고!"

소년은 총알처럼 달려갔다. 방아쇠에 미리 손가락을 걸고 있다가 총을 쏘았더라도, 총알로 그 날랜 소년을 반도 따라잡지 못했을 것이다.

스크루지는 손바닥을 비비고 폭소를 터뜨리며 말했다.

"칠면조를 밥 크래칫에게 보내야지! 누가 보냈는지 모를걸. 몸집이 꼬마 팀의 두 배는 될 거야. 익살꾼 조 밀러(*18세기 런던에서 활동한 희극 배우.)도 그걸 밥의 집으로 보내겠다는 따위의 농담은 못해 봤을 거야!"

주소를 쓰는 손이 가만히 있지 못하고 떨렸지만, 스크루지는 그럭저럭 써냈다. 그리고 아래층으로 내려가 현관문을 열고 칠면조 배달꾼이 오기를 기다렸다. 그러는 와중에 문을 두드리는 쇠고리가 스크루지의 눈길을 붙잡았다.

스크루지는 손으로 쇠고리를 쓰다듬으며 외쳤다.

"내가 살아 있는 한 이놈을 아껴 줘야지! 그동안은 제대로 살펴보지도 않았지. 이 얼마나 정직한 얼굴인가! 훌륭한 쇠고리야…… 칠면조가 왔군. 이보게! 이야! 안녕하신가! 메리 크리스마스!"

이런 칠면조가 있다니! 그 새는 살아 있을 때도 두 다리로 서 있지 못했을 것 같았다. 일어섰다가는 편지 봉투를 밀랍으로 붙일 때 쓰는 가느다란 막대기처럼 순식간에 다리가 똑 부러졌을 것만 같았다.

스크루지가 말했다.

"이런, 캠든타운까지 들고 가는 건 무리야. 마차를 불러야겠소."

스크루지는 이 말을 할 때도 킥킥댔고, 칠면조 값을 치를 때도 킥킥, 마차 삯을 낼 때도 킥킥, 소년에게 심부름 값을 줄 때도 킥킥댔다. 결국 쉴 사이 없이 킥킥 웃어 대다가 숨이 차서 의자에 털썩 주저앉았는데도, 눈물이 날 때까지 웃음을 멈추지 못했다.

손이 줄곧 바르르 떨려서 면도하기가 쉽지 않았다. 면도는 원래 주의 깊게 해야 하는 일이라, 면도하며 춤을 추지 않더라도 집중력이 필요하다. 그러나 스크루지는 코끝을 베었다고 해도 그 위에 반창고만 하나 척 붙이고 흡족해했을 것이다.

스크루지는 가장 좋은 옷으로 차려입고 마침내 거리로 나섰다. 그 무렵, '현재의 크리스마스 유령'과 함께 보았던 대로 사람들이 거리로 쏟아져 나왔다. 스크루지는 뒷짐을 지고 걸으며 모두에게 활짝 웃어 주었다. 한마디로 말해 스크루지의 얼굴은 그냥 지나칠 수 없을 정도로 유쾌했고, 그래서 성격 좋은 사람들 서너 명은 "안녕하십니까. 즐거운 크리스마스 보내세요!"라고 인사를 했다. 훗날 스크루지는 그때까지 들었던 기분 좋은 말 중에 그 인사가 가장 듣기 좋았노라고 두고두고 이야기했다.

별로 멀리 가지도 않았는데 풍채 좋은 신사가 스크루지 쪽으로 다가오는 모습이 보였다. 전날 스크루지의 회계 사무소에 찾아와 "'스크루지 말리 상회'가 맞지요?"라고 물었던 사람이었다. 둘이 마주쳤을 때 이 노신사가 자신을 어떻게 볼까, 생각하자 스크루지의 가슴이 찌릿 아파 왔다. 그러나 스크루지는 자기 앞에 놓인 길이 무엇인지 알았기 때문에 그 길을 택했다.

스크루지는 걸음을 재촉해 노신사의 두 손을 붙잡았다.

"선생님, 안녕하십니까. 어제는 수고하신 보람이 있었기를 바랍니다. 참 고마웠습니다. 즐거운 크리스마스 보내십시오!"

"스크루지 씨?"

스크루지가 말했다.

"네, 그게 제 이름입니다. 안타깝지만 선생님께는 별로 달가운 이름이 아니겠지요. 정말 죄송했습니다. 그리고 부탁드릴 말씀이 있는데요."

스크루지는 노신사에게 귓속말을 했다.

노신사가 숨이 넘어갈 듯 외쳤다.

"맙소사! 스크루지 씨, 진심입니까?"

스크루지가 말했다.

"괜찮으시다면, 한 푼도 빠뜨리지 말고 받아 주십시오. 그동안 밀린 것까지 다 합친 거니까요. 정말입니다. 제 부탁을 들어 주시겠습니까?"

노신사는 스크루지의 손을 흔들며 말했다.

"스크루지 선생, 이렇게 호의를 베풀어 주시니 무슨 말씀을 드려야 할지 모르겠군요."

스크루지가 대꾸했다.

"아무 말씀도 마십시오. 저를 만나러 와 주십시오. 오실 거죠?"

노신사가 외쳤다.

"그럼요!"

노신사는 틀림없이 스크루지를 만나러 갈 것이었다.

스크루지가 말했다.

"감사합니다. 정말 감사드립니다. 감사에 또 감사를 드립니다. 신의 축복이 있기를!"

스크루지는 교회에 갔다가, 거리를 어슬렁거리다가, 바쁘게 이리저리 움직이는 사람들을 지켜보다가, 아이들의 머리를 쓰다듬어 주고, 거지들에게 말을 걸고, 다른 집 부엌을 들여다보거나 창문을 쳐다보면서 이 모든 것이 기쁨을 준다는 사실을 깨달았다. 스크루지는 어떤 종류건 산책이라는 것이 이토록 크나큰 행복을 주리라고는 꿈에도 생각해 본 적이 없었다. 오후가 되자 스크루지는 조카의 집을 향해 걸음을 옮겼다.

스크루지는 열 번도 넘게 그 집 대문 앞을 지나친 후에야 마침내 용기를 낼 수 있었다. 그러나 일단 마음을 먹자 한달음에 계단을 뛰어올라 문을 두드렸다.

스크루지가 하녀에게 물었다.

"주인아저씨 집에 계시냐?"

상냥한 하녀였다! 아주 상냥했다.

"네, 어르신."

스크루지가 물었다.

"어디 계시냐, 얘야?"

"마님과 함께 식당에 계셔요. 어르신, 괜찮으시면 제가 위층으로 모셔다 드릴게요."

"고맙구나. 우린 아는 사이란다."

이 말을 하는 스크루지의 손은 벌써 식당 문의 손잡이를 잡고 있었다.

"이리로 들어가마."

스크루지는 손잡이를 살짝 돌리고 문틈으로 머리를 가만히 밀어넣었다. 조카 프레드와 조카며느리는 그릇들이 멋지게 배열된 식탁을 바라보고 있었다. 요즘 젊은 주부들은 늘 이런 것에 신경을 쓰며 다 제대로 됐는지 확인하고 싶어 한다.

스크루지가 말했다.

"프레드!"

깜짝이야! 조카며느리가 얼마나 놀라던지! 스크루지는 조카며느리가 발걸이에 발을 올려놓고 구석에 앉아 있다는 사실을 한순간 깜빡했던 것이었다. 안 그랬으면 결단코 그렇게 하지는 않았을 터였다.

프레드가 외쳤다.

"이럴 수가! 이게 누구신가요?"

"나다. 스크루지 삼촌이야. 저녁을 먹으러 왔다. 들어가도 되겠느냐, 프레드?"

그걸 말이라고! 프레드는 스크루지의 팔을 마구 흔들어 댔고, 팔이 빠지지 않은 것만도 다행이었다. 5분 만에 스크루지는 제 집처럼 편안해졌다. 더할 나위 없이 따뜻한 환영을 받았다. 조카며느리의 표정도 따스했다. 잠시 후 찾아온 토퍼도 그랬다. 통통한 아가씨도 마찬가지였다. 그 집에 찾아온 모두가 따뜻한 얼굴이었다. 파티는 멋졌고 게임은 신 났으며 모두 한마음이 되었다. 진실로, 진실로 행복한 밤이었다!

다음날 스크루지는 사무실에 아침 일찍 나갔다. 아, 정말이지 새벽같이 나갔다. 먼저 나가 있어야 늦게 나온 밥 크래칫이 덫에 걸려들 테니! 미리 짜둔 계획이었다.

그리고 일은 생각대로 되어 갔다. 정말 그랬다. 시계가 9시를 알렸다. 밥은 오지 않았다. 15분이 지났다. 밥은 나타나지 않았다. 결국 밥은 18분 하고도 30초나 지각했다. 스크루지는 밥이 골방에 들어가는 모습을 볼 수 있도록 자기 방문을 활짝 열고 자리에 앉아 있었다.

밥은 문을 열기도 전에 모자를 벗었다. 목도리도 풀었다. 곧장 의자에 앉았다. 9시 이후의 지각한 시간을 메우려는 듯, 펜을 바삐 놀렸다.

스크루지는 예전 목소리를 최대한 흉내 내며 짐짓 무섭게 말했다.

"이봐, 대체 이렇게 늦게 오면 어쩌자는 거야?"

밥이 말했다.

"정말 죄송합니다, 사장님. 그만 지각을 하고 말았습니다."

스크루지가 대답했다.

"그래? 그렇지, 그런 것 같군. 이쪽으로 좀 오지 그래?"

밥이 골방에서 나오며 애원했다.

"1년에 딱 한 번뿐입니다, 사장님. 다시는 이런 일이 없을 겁니다. 어제 너무 흥겹게 보낸 탓에 좀."

스크루지가 말했다.

"여보게, 할 말이 있네. 이런 식으로는 더 못 참겠네. 그래서 말인데."

스크루지가 의자에서 펄떡 뛰어내려 밥의 조끼를 쿡 찌르는 바람에 밥은 비틀비틀 골방으로 떠밀려 갔다.

"그래서 말인데, 자네 봉급을 올려 줄 작정이야!"

밥은 와들와들 떨며 자가 있는 곳으로 바싹 다가갔다. 그 자로 스크루지를 때려눕힌 다음 붙들어매고 거리에 있는 사람들에게 구속복(*정신이상자나 난폭한 죄수가 난동을 부리지 못하게 입히는 옷.)을 가져와 달라고 소리쳐야지, 하는 생각이 퍼뜩 떠올랐기 때문이었다.

스크루지는 밥의 등을 탁 때리며 오해할 수 없을 정도로 진지하게 말했다.

"메리 크리스마스, 밥. 이 착해 빠진 친구야, 오랫동안 나 때문에 마음 졸이며 보낸 크리스마스보다 훨씬 즐거운 크리스마스를 보내면 좋겠네. 자네 봉급을 올려 주겠네. 고생하는 자네 가족을 돕고 싶네. 오늘 오후에 김이 모락모락 나는 비숍(*포도주에 레몬이나 설탕 따위를 타서 따뜻하게 마시는 음료.)이나 한 잔 하면서 자네 집안일을 의논해 보자고, 밥! 난로에 불을 지피고, 글자 한 자 더 쓰기 전에 석탄 통부터 사 오게, 밥 크래칫!"

스크루지는 자신이 한 말보다 더 많은 일을 했다. 약속을 모두 지켰을 뿐 아니라 더 많은 것을 한없이 베풀었다. 그리고 다행히 죽지 않은 꼬마 팀에게는 또 다른 아버지가 되어 주었다. 스크루지는 그가 사는 선량한 도시에는 물론이고 이 선량한 세상에 존재하는 다른 선량한 도시와 마을과 자치 도시에 좋은 친구, 너그러운 주인, 착한 남자로 소문이 났다. 새사람이 된 스크루지를 보고 비웃는 사람들도 있었지만, 스크루지는 비웃도록 내버려 두고 아랑곳하지 않았다. 이제는 퍽 현명해져서, 이 세상에서 선한 일을 하려면 처음에는 비웃음을 많이 당하기 마련임을 깨달았기 때문이었다. 또한 그런 이들은 눈뜬장님으로 살게 될 것이므로, 병들어 보기 흉한 모습이 되느니 차라리 비웃어서 눈가에 주름이 잡히는 편이 더 낫다고 생각했기 때문이었다. 스크루지의 마음이 웃고 있었으니 그걸로 충분했다.

스크루지는 그 후로 다시는 유령들을 만나지 못했지만 평생절제하고 금욕하며 살았다. 그리고 살아 있는 사람들 중에 크리스마스를 어떻게 보내야 하는지 아는 사람을 꼽으라고 하면, 사람들은 반드시 스크루지의 이름을 이야기했다. 우리도, 우리 모두도 진실로 그런 사람이 되기를! 그리고 꼬마 팀이 말한 대로, 하느님이 우리 모두를 축복하시길!

『크리스마스 캐럴』에 얽힌 몇 가지 이야기

'스크루지' 하면 곧바로 구두쇠를 떠올릴 정도로, 스크루지가 주인공으로 등장하는 『크리스마스 캐럴』은 무척 유명한 작품이다. 우리나라 초등학교 〈국어〉 교과서에 희곡 형식으로 실렸으며, 크리스마스 무렵이면 교회와 학교에서 연극으로 상연될 뿐 아니라 세계적으로 영화, 오페라, 발레, 뮤지컬 등 여러 형식으로 공연되며 꾸준히 사랑을 받아 왔다. 『크리스마스 캐럴』은 유령을 만나고 개과천선한 구두쇠 영감의 이야기만이 아니다. 작가가 살던 당시 영국의 사회상이 고스란히 들어 있다. 몇 가지 질문을 던지며 『크리스마스 캐럴』을 파헤쳐 보면서 색다른 재미를 찾아내 보자.

디킨스가 서른두 살에 할아버지라고 불린 사연은?

그냥 할아버지가 아니다. 1843년, 『크리스마스 캐럴』이 대성공을 거둔 이후, 디킨스의 별명은 '크리스마스 할아버지'가 되었다. 그 후로 디킨스는 크리스마스 무렵이면 크리스마스 정신을 고취할 짧은 이야기들을 발표하기 시작했다. 그렇게 총 다섯 가지 크리스마스 이야기가 탄생했는데 뭐니 뭐니 해도 가장 큰 사랑을 받은 작품은 물론 『크리스마스 캐럴』이다. 이 책을 쓸 당시 서른두 살이 채 안 된 디킨스는 이미 유명 작가였지만 이 작품으로 영국의 대표 작가 반열에 오른다. 디킨스의 이름은 크리스마스를 연상시켰고, 가난한 사람들을 배려하며 함께 즐기는 크리스마스 분위기를 만드는 데 크나큰 영향을 미쳤다. 그러니 1870년 디킨스가 죽자 어느 소녀가 이렇게 외친 것도 당연한 일이다. "디킨스가 죽었다고요? 그럼 크리스마스 할아버지도 죽은 건가요?"

디킨스가 『크리스마스 캐럴』을 쓰는 데 걸린 시간은 어느 정도였을까?

디킨스는 1843년 10월에 이 책을 쓰기 시작해서 놀랍게도 고작 6주 만인 12월 초에 집필을 끝냈다. 이 이야기는 디킨스의 작품 중에서도 가장 대중적으로 사랑받는 이야기지만, 재미있게도 금전적 압박 때문에 세상에 태어났다. 1843년 가을, 디킨스는 다섯 번째 아이의 출산을 앞두고 있었고, 빚도 많아 경제적으로 힘든 시기였다. 돈을 벌려고 쓰기 시작한 작품이었지만 이 이야기는 작가인 디킨스에게도 영향을 미쳤다. 스스로 고백한 대로 디킨스는 '울다 웃다, 다시 울었고', '술 취한 사람이 아닌 다음에야 모두 잠자리에 들었을 한밤중에 캄캄한 런던 거리를 이삼십 킬로미터쯤 걸어 다닐' 정도로 흥분한 상태로 글을 써나갔던 것이다.

『크리스마스 캐럴』이 처음 출간됐을 때 책값은 과연 얼마였을까?

단돈 5실링이었다! 누구나 읽을 수 있기를 바라는 마음에서였다. 물론 5실링도 『크리스마스 캐럴』에 등장하는 당시의 가난한 이들에게는 큰돈이긴 했다. 그래서 가난한 이들은 책을 살 수 없으면 서로 돌려가며 읽었다. 『크리스마스 캐럴』은 출간 후 같은 달 크리스마스이브까지 6천 부가 팔렸고 해를 넘기고도 날개 돋친 듯이 팔려 나갔다. 그렇다면 디킨스는 떼돈을 벌었을까? 아쉽게도 그렇지 못했다. 책은 대성공을 거두었지만 제작비가 많이 들어(디킨스는 출판업자에게 사기를 당해 직접 공들여 책을 제작했다.) 정작 작가 수입은 많지 않았고, 『크리스마스 캐럴』의 해적판이 나돌아 고소하느라 오히려 더 많은 돈을 써야 했다.

스크루지는 가난한 사람들을 구빈원으로 보내라고 이야기하는데 (『크리스마스 캐럴』 제1장), 유령은 왜 그런 스크루지를 비판했을까?

당시의 구빈원은 다른 말로 노동자 수용소였다. 노동 능력이 없는 빈민들을 모아 공동작업장에서 일을 하게 해 주고 임금을 주는 방식이었는데, 실제로 구빈원에 들어온 실업자들과 고아들은 끼니도 제대로 잇지 못하고 노동력을 착취당했다. 이 구빈원의 처참한 실상은 디킨스의 다른 소설인 『올리버 트위스트』에 구구절절 나타나 있다.

가난한 이들은 왜 빵집 화덕에서 자신들의 요리를 했을까?(『크리스마스 캐럴』 제3장)

집에 화덕이 없었기 때문이었다. 디킨스는 밥 크래칫 가족을 통해 가난하지만 화목한 가족의 모습을 그린다. 그 가족의 유일한 불행은 꼬마 팀의 병이었고 미래의 크리스마스 유령이 보여준 환영에서 팀은 죽고 마는데, 이는 실제로 많은 가정에서 일어난 일이었다(그러니 꼬마 팀이 죽지 않은 실제 결말에 독자들이 얼마나 열광했을까!). 당시는 산업혁명의 절정기였다. 자본의 논리 속에서 노동자들과 빈민들의 삶은 몹시 비참했고, 특히 어린이 고용 실태는 눈 뜨고 못 볼 정도였다. 디킨스도 어린 시절 그 비참한 처지를 직접 경험했다. 디킨스의 가족은 본래 중산층이었으나 디킨스가 열두 살 때 아버지 존 디킨스가 빚을 갚지 못해 감옥에 들어갔고, 디킨스는 학교를 그만두고 구두약 공장에서 일해야 했다. 그 후로 존 디킨스가 유산을 물려받아서 가족들은 가난에서 벗어날 수 있었지만, 그 시절에 경험한 가난과 노동 계급의 끔찍한 삶은 이후 디킨스의 삶과 작품에 막대한 영향을 미쳤다.

디킨스는 어떤 작가일까?

어린 시절의 경험 때문에 디킨스는 빈곤층의 삶과 사회 구조의 모순을 비판할 수 있는 통찰력을 지니게 되었고, 이를 작품으로 형상화했다. 디킨스는 스무 살 무렵부터 여러 잡지에 단편과 소품을 기고하며 작품을 쓰기 시작했다. 그리고 1836년에 '보즈'라는 필명으로 그동안 발표했던 작품들을 한데 모아『보즈의 스케치집』을 출간해 세상에 이름을 알렸다. 이후『픽크위크 문서』,『올리버 트위스트』의 성공으로 작가적 명성을 얻었고,『크리스마스 캐럴』,『데이비드 코퍼필드』,『두 도시 이야기』,『위대한 유산』등의 작품을 출간하며 성공한 소설가로 이름을 드높였다. 풍자와 해학을 바탕으로 사회 현실을 유머러스하고도 신랄하게 비판

하는 그의 작품에 당대 사람들은 공감하고 열광했다. 그중에서도 그의 대표작이라고 할 수 있는 『크리스마스 캐럴』은 당시 사회상을 잘 반영하고 있다. 여기에 디킨스의 윤리관, 크리스마스의 의미, 인간 본성에 대한 성찰이 담겨 있어 그 당시는 물론이고 지금도 '크리스마스'가 되면 떠오르는 하나의 상징이 되었다.

　이 책을 다 읽고 난 후라면, 위에 나온 질문들을 염두에 두고 다시 한 번 읽어 보길 바란다. 그러면 처음 읽었을 때와 다른 느낌이 들면서 자신만의 질문이 새록새록 생겨날 것이다. 그런 질문에 답을 찾으며, 여러분들의 생각이 한층 깊어지고 마음이 한층 따뜻해지기를 바란다.

−김율희(옮긴이)

《찰스 디킨스 연보》

1812년 2월 7일 영국 햄프셔 주 포츠머스 근교 랜드포트에서 해군성 경리국 하급 관리였던 아버지 존 디킨스와 어머니 엘리자베스 배로의 여덟 아이 중 둘째 아들로 태어남.

1814년 아버지를 따라 런던으로 이사함.

1817년 런던 남동쪽에 위치한 채텀으로 이사함.

1822년 다시 런던으로 이사해 캠든 타운에 정착함.

1824년 아버지가 빚 때문에 투옥되어 구두약 공장의 견습공으로 일함. 웰링턴 하우스 아카데미에 입학. 1827년까지 학교 교육을 받음.

1827년 학업을 중단하고 변호사 사무실 사환으로 일하며 속기를 배움.

1829년 신문사의 통신원이 되어 하원을 출입함.

1830년 대영 박물관 출입증을 받고, 여가 시간에는 박물관 도서관에서 수많은 고전을 읽음.

1830~1836년 〈트루 선〉, 〈미러 오브 팔러먼트〉, 〈모닝 크로니클〉 등의 잡지에 단편 및 소품을 기고하면서 작가 경력을 쌓음.

1833년 첫사랑 마리아 비드넬과 이별함.

1834년 '보즈'라는 필명으로 여러 잡지에 작품을 발표함.

1836년 작품들을 한데 모아 『보즈의 스케치집』을 출간해 세상에 이름을 알림. 이 책의 출판업자인 조지 호가스의 딸, 캐서린 호가스와 결혼해 이후 슬하에 열 명의 자녀를 두게 됨.

1836~1837년 『픽크위크 문서』를 발표해 큰 성공을 거둠.

1838년 『올리버 트위스트』로 폭발적 인기를 얻어 작가의 자리를 굳히며 명성을 이어감.

1838~1841년 『니콜라스 니클비』, 『오래된 골동품 가게』, 『바나비 러지』 출간.

1842년 5개월간 미국을 여행하고 돌아와 미국의 문화를 다룬 여행기를 발표함.

1843년 『크리스마스 캐럴』 출간. 이후 1848년까지 해마다 크리스마스 책인 『차임벨』, 『가슴속의 귀뚜라미』, 『인생의 전투』, 『유령에 시달리는 사람』 출간.

1844~1847년 이탈리아, 스위스, 프랑스 등지를 여행함. 1846년에 『이탈리아에서의 그림』을 발표.

1846~1848년 『돔비와 아들』 발표 및 출간.

1850년 자서전적 작품인 『데이비드 코퍼필드』 출간. 이때부터 작품 경향이 변해 '디킨스 후기'의 특징이 두드러짐.

1853~1857년 『황폐한 집』, 『고된 시기』, 『꼬마 도릿』 발표 및 출간.

1858년 부인 캐서린과 별거함.

1859~1865년 『두 도시 이야기』, 『위대한 유산』 등의 작품 발표 및 출간.

1867년 미국 낭독 여행을 시작해 1868년에 귀국하나 이 무렵 병을 얻음.

1870년 『에드윈 드루드』를 미완성으로 남긴 채 6월 9일 세상을 떠남. 웨스트민스터 성당에 안장됨.

찰스 디킨스 1812년 영국 포츠머스에서 태어났으며, 가난한 집안 형편으로 12세 때부터 일을 하기 시작했다. 16세 때부터 신문사의 통신원으로 일하다가 신문에 연재하던 〈픽크위크 문서〉를 1837년에 단행본으로 펴내면서 스물다섯 살이라는 나이로 일약 유명인사가 되었다. 그 후 『올리버 트위스트』, 『크리스마스 캐럴』, 『위대한 유산』 등 수많은 장편과 단편소설, 수필을 남겨 세계적인 작가가 되었으며, 1870년 추리소설풍의 『에드윈 드루드』를 미완성으로 남긴 채 세상을 떠났다.

김율희 고려대학교 영어영문학과를 졸업한 뒤, 동 대학원 영문과에서 근대영문학으로 석사학위를 받았다. 옮긴 책으로 『소설쓰기의 모든 것』, 『생각의 심리학』, 『세계사를 바꾼 전염병들』, 『하늘을 달리는 아이』, 『달콤쌉싸름한 첫사랑』 등이 있다.